一笑

古龍自署

國際學術研討會

與

古龍武俠小說 領先時代半世紀

【記者賴素鈴／報導】江湖代有才人出，這廂古龍凋零二十載，那廂今朝懸賞百萬獎新秀，浪淘不盡，唯有武俠熱愛，不隨時間變易，在學術研討會上更見分明。以「一代鬼才：古龍與武俠小說」爲主題，淡江大學第九屆文學與美學國際學術研討會昨起在國家圖書館，展開爲期兩天的議程，紀念武俠小說家古龍逝世二十周年，新生代學者與古龍故舊齊聚一堂，以文論劍話武俠。

日前與淡大中文系教授林保淳共同發表《台灣武俠小說發展史》，武俠小說評論家葉洪生昨天在專題演講中，直批胡適1959年底發表「武俠小說下流論」是「胡說」，學界泰斗的不當發言以及隨即展開的「暴雨專案」，反而促成1960年起台灣武俠新秀的繁興，「武俠小說迷人的地方，恰恰在門道之上。」，葉洪生認定，武俠小說審美四原則在文筆、意構、雜學、原創性，他強調：「武俠小說，是一種『上流美』。」

集多年心血完成《台灣武俠小說發展史》，葉洪生認爲他已爲從十歲起迷上武俠小說的半世紀畫上完美句點，並且宣布他「以後決心退出武俠論壇，封劍退隱江湖」。

雖然葉洪生回顧武俠小說名家此起彼落，套太史公名言「固一世之雄也，而今安在哉？」，認爲這是值得深思的嚴肅課題，昨天意外現身研討會而備受矚目的溫世禮，則爲了紀念同是武俠迷的哥哥溫世仁，推出第一屆「溫世仁武俠小說百萬大賞」，即日起至今年10月3日截止收件，經兩階段評選後於明年12月7日公布首獎得主，預料將會是一場武林新秀的龍虎爭霸戰。

看明日誰領風騷？風雲時代出版社發行人陳曉林眼中的古龍，其實領先他的時代半世紀，以致如今雖然古龍逝世20年，陳曉林認爲大家對古龍的了解仍然有限，預言未來世代更能和古龍的後設風格共鳴。

昨天這場研討會，也凸顯武俠小說作爲一項文學研究門類，仍有待開發學習空間。多位與會者都指出，武俠小說的發表、出版方式和管道具考證難度，學術理論與論文格式的建立待加強。而武俠名家的版權之爭、市場競爭力，也增加出版推廣困難，古龍武俠小說的版權糾紛、司馬翎作品的版權官司也成爲研討會的場外話題。

武俠小說

第九屆文學與美

一代鬼

古

古龍兄為人慷慨豪邁，跌蕩自如，變化多端，文如其人，且復多奇氣，惜英年早逝，余與古兄當年交好，且喜讀其書，今既不見其人，又無新作可讀，深自嘆惜。

金庸

一九九六．十．十一．香港

古龍集外集 4

驚魂六記之

黑蜥蜴（下）

古龍——創意

黃鷹——執筆

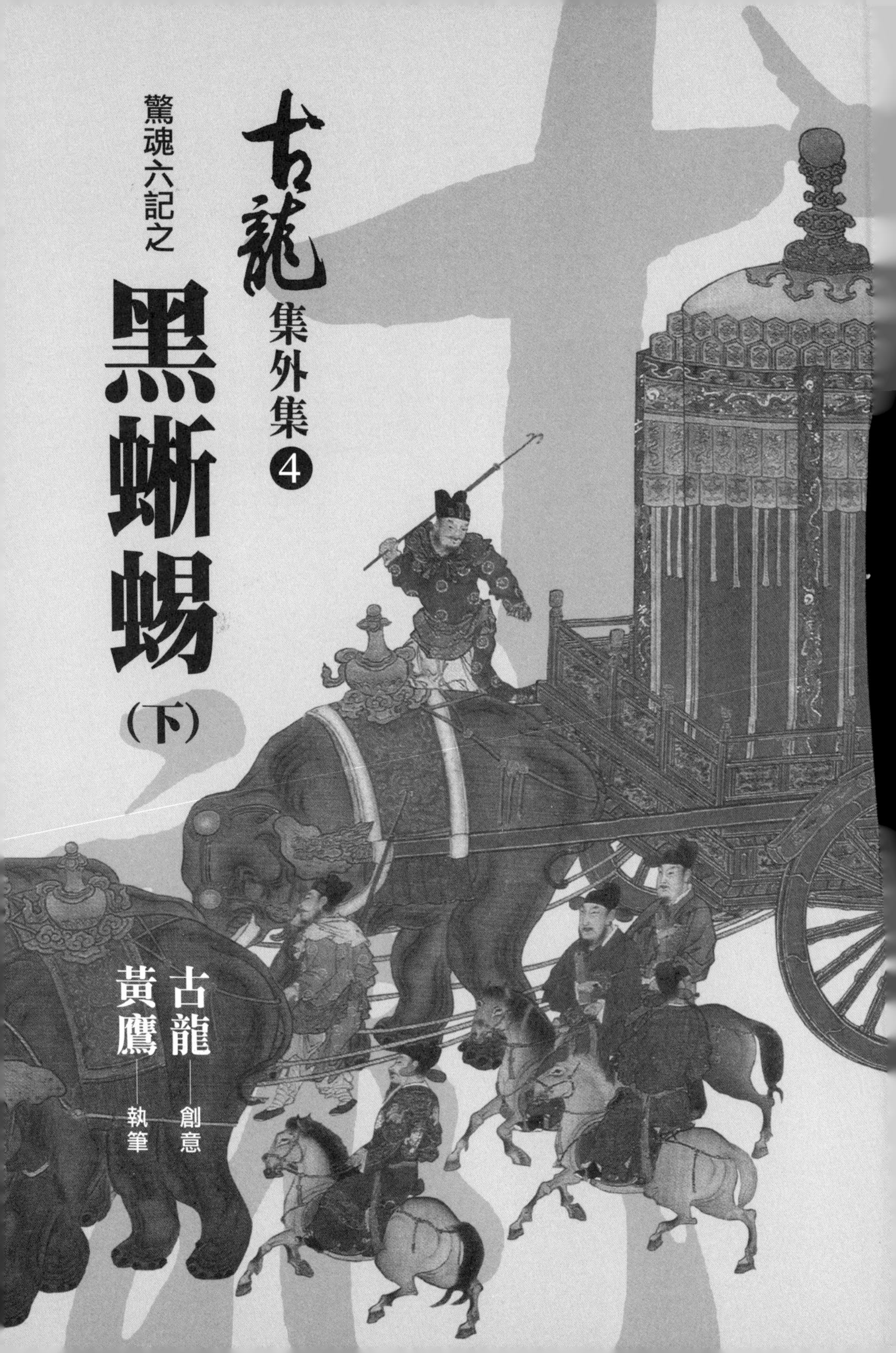

古龍集外集 4

驚魂六記之

黑蜥蜴（下）

目錄

十一 紫竺

秋風蕭瑟，荒野蒼涼。

建築在荒野中的那幢義莊儘管在太陽底下，仍然是顯得那麼陰森，完全不像一幢住人的莊院。

「嘩啦」猛一聲暴響，義莊的一片瓦面突然四下激飛，裂開了一個缺口，一個人同時從缺口中穿出！

龍飛！

一股白煙緊追在他身後，從缺口中湧出！

與之同時，義莊的院子亦有一股白煙瀰漫開來。

風助煙勢，迅速擴散！

整個義莊瞬眼間便已被白煙所包裹起來。

龍飛的視線亦迅速為白煙隔斷，他身形落在瓦面缺口旁邊，才環顧一眼，就已被裹在白煙之中了。

那一眼，他並未發現那個怪人的去向，這下子更就只看見迷濛的白煙。

他一聲長嘯，人劍化成了一團光芒，投入院子內。

一劍千鋒，他整個身子都已裹到劍內，就像是一隻渾身長滿了尖刺的刺蝟，足以應付任何的襲擊！

院中煙正濃，人劍化成的那團光芒落下，立即被濃煙吞噬消失。

卻只是剎那，那團光芒又破煙飛出。

光芒收斂的時候，龍飛人劍已落在義莊的門外兩丈。

他身形不停，一落即起，一股白煙被他的身形滯動，緊追在後面，但剎那便已被他擺脫。

龍飛的身形已施展至極限。

他人劍飛入何三那個房間之際，觸目已盡是白煙，根本看不見任何東西，他當機立斷，立即拔起了身子，撞穿屋頂躍上瓦面。

居高臨下，除非那個怪人真的是一個妖魔，化成白煙消散，否則無論他從哪一個方向離開，都難以逃過龍飛的眼睛。

誰知道院子中竟然也有白煙冒起來。

義莊並不怎樣高，白煙迅速的又將他的視線隔斷。

他只有找一個更高的地方。

現在他走向那邊，只因為他記得那邊有一株參天古樹。

◇◇◇◇

古樹在三十丈外！

龍飛身形箭射，幾個起落，已來到古樹之下，轉往上拔。

一拔三丈高，手一探，抓住了樹幹，藉力提身，又拔高二丈，手再探，身再拔，才在一條橫枝上停住身形，離地已有七丈。

他凝神極目望去。

那個怪人正在數十丈的路上飛馳。

龍飛一眼瞥見，立即翻身躍下。

一瀉四丈，他身形一凝，才繼續落下，著地無聲，連隨向東面掠出。

◇

鎮北是高山。

那個怪人半途一折，不再向前，迅速轉往山上竄去！

龍飛緊追不捨。

他上到山頂，怪人已翻山而下。

山下只有兩座莊院，西面蕭家莊，東面丁家莊。

怪人越過圍牆，竟然竄入了蕭家莊之內。

紅影一閃不見，卻有一團白煙冒了起來。

桌面大小的一團白煙，隨即被風吹散了。

龍飛居高臨下，看得很清楚，仍然等了一會，才飛身追下去。

他的眼睛始終盯著下面的蕭家莊。

那個怪人始終沒有再出現，進入了蕭家莊後，彷佛就化成了那一團白煙消失。

龍飛掠至牆下，身形不停，一拔一翻，越牆躍入莊院之內。

他整個人都在警戒的狀態之中，準備應付任何突然的襲擊。

沒有襲擊。

牆內也沒有任何人，卻有無數條黑蜥蜴。

黑蜥蜴。

他躍入的地方，赫然就是蕭玉郎居住的院落，到處都放滿了木刻的，形態各異的蜥蜴。

那個怪人也許本來就是一條黑蜥蜴的化身，現在已變回原形，混在這些木刻的蜥蜴之內。

這些木刻的蜥蜴無不栩栩如生，即使有一條真的蜥蜴混在其中，也不容易被發覺得到。

龍飛正張目四顧，突然聽得有聲音高呼道：「若愚！若愚。」

是蕭立的聲音。

——蕭若愚不是在義莊之內？何以蕭立在這裡呼叫他？

——莫非在義莊之內的並非蕭若愚？

——抑或蕭立現在是到處找蕭若愚？

龍飛方奇怪，蕭立已經從那邊月洞門進來。

一見龍飛站在那裡，蕭立當場怔住。

他顯得很憔悴，眼角隱約有淚痕，比龍飛離開之時，彷彿又老了幾年。

老年喪子，這種打擊自然非輕。

況且蕭立的兩個兒子之中，蕭玉郎話雖柔弱，總比白痴的蕭若愚好。

蕭立儘管怎樣的豪放，終究也是一個人，有人的感情，有人的弱點。

龍飛明白蕭立現在的心情，看見他這樣憔悴，不禁為之嘆了一口氣。

——義莊那件事好不好告訴他？

龍飛當即考慮到這個問題。

蕭立即時詫異道：「不是說你已經離開了？怎麼仍然在這裡？三娘何以要說那個謊？」

龍飛連忙解釋道：「晚輩是剛從那邊圍牆躍進來的。」

蕭立道：「哦？」

龍飛道：「前輩方才好像在呼喚什麼人？」

蕭立道：「我是在呼喊若愚——也就是玉郎的弟弟，我那個白痴的兒子。」

他嘆息接道：「若愚這個名字是不是有些奇怪？」

龍飛尚未回答，蕭立話又已接上：「我替他改這個名字，並不是希望他大智若愚，乃是見他自小一副痴呆模樣，只希望他若愚非愚，誰知道他竟然是一個白痴。」話聲神態都非常悲痛之極。

龍飛亦嘆了一聲。

蕭立的目光隨即轉向後院那邊，道：「不過雖然他是一個白痴，這孩子平日還算聽話，就是今天，不知怎的，叫也叫不住，越叫越走。」

龍飛心念一動，道：「前輩莫非看見一個紅衣人從附近走過？」

蕭立道：「不就是若愚那個孩子，除了他，還有那個男人穿那大紅衣裳到處亂跑？」

他盯著那邊，喃喃接道：「不知他越牆跳入那邊丁家，到底幹什麼？」

龍飛一皺眉道：「前輩其實並沒有看見那個人的面目，所以認為那個就是若愚，只不過因為那個人穿了一件若愚慣穿的那種大紅顏色的衣裳？」

蕭立愕然說道：「那個人難道不是若愚？」

龍飛肯定的道：「不是。」

蕭立道：「你怎麼如此肯定？」

龍飛道：「我就是追蹤他，追入來這裡。」

蕭立道：「他到底是誰？」

龍飛答道：「就是那個一臉鱗片的怪人。」

蕭立忙問道：「你在哪裡看見他？」

龍飛道：「鎮西郊那個義莊。」

一頓沉聲接道：「令郎若愚也在那裡呢。」

蕭立氣惱道：「小畜牲就是喜歡到那裡玩耍，這一次莫非闖出了什麼禍？」

龍飛搖頭道：「他給那個怪人噴了一口白煙，昏迷了過去。」

蕭立面色一變，急問道：「現在怎樣了？」

龍飛道：「不清楚，那個怪人一口白煙噴出便倒翻出去，晚輩亦跟著追出義莊之外……」

語聲未落，蕭立已經一聲怪叫，拔起身子，掠上一側高牆之上。

龍飛脫口道：「前輩哪裡去？」

蕭立道：「到義莊看看。」

「到」字出口，人已掠下高牆，語聲迅速由高轉低，最後那個「看」字最少低了三倍。

這個人的輕功顯然也不弱。

他走得非常匆忙，甚至沒有問龍飛，義莊之內到底發生了什麼事情。

龍飛也沒有將他叫住。

他現在又是怎樣一種心情，龍飛亦明白得很。

兩個兒子一個已死，剩下一個現在又生死未卜，易地而處，龍飛也會立即趕去一看究竟！

——那個怪人逃入了丁家莊，莫非是丁家莊的人？不直入丁家莊，繞道蕭家莊，不成就發覺我窮追不捨，要分散我的注意？

龍飛心念一轉，縱身向丁家莊那邊掠去。

◇◇◇◇

牆高丈八。龍飛一掠而上，就看見一個女孩子。

一個很美很美的女孩子。

隔壁是丁家莊的後院，四圍花木，中間一座亭子，雖則秋半，花木不少凋落，看來仍然不覺蕭條，與隔壁蕭家莊的荒涼，更不可相提並論。

那個女孩子就站在亭子旁邊的一叢芙蓉之前。

芙蓉秋正嬌！

可是與那個女孩子一比，非獨那叢芙蓉，就是整個院子的花木都黯然失色。

無論什麼人進來，只要他看見那個女孩子，目光相信都難以再移開。

還有什麼比那個女孩子更好看的？

她實在很美很美，但美得絕不俗氣！

在她的身上沒有任何飾物，在她的臉上也沒有任何脂粉，但她並未因此而顯得寒酸。

任何的脂粉飾物在她，可以說都是多餘的。

她穿著一襲淡紫色的衣衫，淡得就像煙，就像霧。

院子中並沒有煙霧，她渾身上下卻彷彿都籠在煙霧中，驟看起來簡直就像是天外飄來的天仙！

「天仙化人」這個形容詞也簡直就是因她而設。

她幽然站立在那叢芙蓉之前，好像有很多的心事，又好像只不過在欣賞那些芙蓉的嬌美。

龍飛怔怔的望著她，一會才飛身掠下，正好落在她身旁。

她著實嚇了一跳，失聲驚問道：「是誰？」

龍飛道：「我。」

那個女孩子這時候亦已看到了，嚶嚀的一聲，投入了龍飛懷中。

龍飛不由自主的緊擁著她。

那剎那之間，他的神情變得很複雜。

女孩子卻伏在他的懷中，突然哭了起來。

他聽得一怔，奇怪問道：「妳怎麼哭了？」

女孩子不答，仍在哭。

龍飛更奇怪，追問道：「到底發生了什麼事？」

女孩子飲泣著道：「沒有事發生。」

龍飛道：「那麼妳哭得這樣傷心？」

女孩子道：「誰傷心了？」

龍飛道：「妳不是在哭？」

女孩子道：「嗯！」

「不高興看見我？」

「誰說？」

「可是妳卻哭。」

「我的確很高興，但不知怎的，反而哭起來。」

「哦？」龍飛一隻手不覺鬆開。

女孩子緩緩的抬起頭來，望著龍飛，眼中有淚！

晶瑩的眼淚，美麗而淒涼，龍飛看在眼內，心都快要碎了。

女孩子怔怔的望著龍飛，「噗哧」的突然笑了出來。

龍飛又一怔。

女孩子笑接道：「三年不見，你黑多了。」

龍飛淡淡的道：「是麼？」

「你自己不知道。」

「我向來不在乎自己的外貌變化。」

「聽爹說你已經很有名。」

「很多人都這樣說。」

「你沒有留意？」

「沒有，我行走江湖並不是為了求名，妳知道的。」

「嗯。」

「除此之外，我與三年前並沒有什麼分別。」

「心呢？」

「也是一樣。」

「真的？」

「為什麼我要欺騙你？」

女孩子又埋首在龍飛懷中，是這麼嬌憨。

她就是紫竺。

丁鶴的女兒，龍飛未來的妻子紫竺。

龍飛輕輕的將紫竺推開，問道：「妳呢？」

紫竺嬌羞的道：「跟你一樣。」

龍飛眼旁的肌肉一顫，轉過話題道：「方才有沒有一個穿紅衣的人越牆走進來這裡？」

紫竺不假思索的道：「沒有。」

龍飛道：「真的沒有？」

紫竺答道：「也許我沒有發覺，那是誰？」

龍飛道：「我也不知道。」

紫竺道：「莫非你是追著他追進來？」

「正是。」

「到底發生了什麼事？」

「說來話長。」

「你說啊。」

龍飛沒有說，怔怔的望著紫竺。

紫竺看見奇怪，道：「怎麼你這樣望著我？」

龍飛仍不開口。

事實千言萬語，也不知從何說起。

紫竺忽然想起了一件事，連隨又問道：「爹說你昨夜就到了。」

龍飛頷首道：「嗯。」

紫竺道：「他難道沒有告訴你，我今天午前回來？」

龍飛道：「有。」

紫竺微嗔道：「怎麼你不在這裡等著我？」

龍飛道：「這句話應該由我來問。」

紫竺一怔道：「還說呢，回來也不通知我知道。」

龍飛怔住在那裡。

紫竺嬌笑道：「我知道，是不是要讓我突然驚喜一下？」

龍飛沒有回答。

紫竺笑接道：「可是你不預先通知我，怎知道你昨夜會回來？」

龍飛啞聲道：「你真的不知道？」

紫竺道：「知道了還會不待在家裡等你？」
龍飛急問道：「難道妳沒有收到我那封信？」
紫竺詫異道：「什麼信？」
龍飛道：「就是告訴妳，我昨天會回來的那封信！」
紫竺道：「你有信給我？」
龍飛道：「有。」
紫竺道：「可是我沒有收到。」
龍飛沉默下去。
紫竺道：「我真的沒有，不相信，你可以問我爹，問壽伯他們。」
龍飛沉吟道：「不成送信的那個人半途將信遺失了？」
紫竺道：「這不是我的錯，你不要生我的氣好不？」
龍飛搖頭道：「我沒有生妳的氣。」
紫竺道：「可是你這樣悶悶不樂。」
龍飛道：「我沒有……」

紫竺截口道：「你瞞不過我的，你性情怎樣，我難道還不清楚？」

龍飛又沉默下去。

紫竺道：「你心中一定有事。」

龍飛無言頷首。

紫竺道：「告訴我，到底什麼事？」

龍飛沉吟不語。

紫竺催促道：「你說啊！」

龍飛吁了一口氣，終於開口道：「蕭玉郎這個人妳認識？」

紫竺道：「他是蕭伯伯的兒子，就住在隔壁。」

龍飛道：「我知道。」

「莫不是他什麼地方開罪你了？」

龍飛搖頭，道：「聽說你們很要好是嗎？」

紫竺道：「孩子的時候是的，我當他就像哥哥一樣。」

龍飛道：「聽說他有意娶妳。」

紫竺道：「爹告訴過我，他曾經叫蕭伯伯到來說親，可是爹沒有答應，我也絕不會答應。」

龍飛道：「他的人不好？」

紫竺道：「不是好不好的問題，只是我根本不喜歡這個人。」

「為什麼？」

「這個人柔柔弱弱，簡直就像女人一樣，一點兒大丈夫氣概也沒有。」

「那也不見得不好。」

「我就是討厭這種男人。」紫竺有點兒明白的說道：「你就是因為這件事不高興？」

龍飛搖頭，轉問道：「那是什麼時候的事？」

紫竺道：「你說哪件事？」

龍飛道：「蕭立替他的兒子來說親那件事。」

紫竺道：「好像是三年之前。」

龍飛道：「卻不曾聽妳對我說過。」

紫竺道：「我才不將這種事放在心上，反正爹不會迫我答應。」

龍飛道：「那之後，蕭玉郎有沒有再到來？」

「沒有。」

「這三年以來呢？」

「也沒有。」

「妳難道不奇怪？」

「奇怪本來是有些奇怪，但想到他那種性情，就不奇怪了。」

「哦？」

「一般女人心胸不是都狹隘嗎？」

「妳是說他求親不遂，生起氣來，不再涉足丁家這邊？」

「嗯。」

「以他的性情，失望之餘，不難會發生什麼意外，你難道一些也不擔心？」

「他不像是那種會尋死的人。」紫竺微喟道：「這完全是一廂情願，他應該知道。」

龍飛道：「嗯。」

紫竺道：「一直以來我就只當他哥哥那樣，從來沒有想到婚姻那方面。」

龍飛道：「妳不想，他卻想。」

紫竺道：「這正如他喜歡我，我不喜歡他，每個人都有每個人的思想自由，有誰管得了。」

龍飛連連點頭，回答道：「不錯，不錯。」

紫竺道：「你莫非就因為知道我和他在小孩子的時候很要好，所以這樣子悶悶不樂？」

龍飛搖搖頭，失笑道：「不是。」

紫竺瞪眼道：「如果是，你就是一個傻瓜，大傻瓜！」

龍飛無言。

紫竺轉問道：「那麼，究竟是什麼事呢？」

龍飛道：「這就告訴妳。」

紫竺說道：「你不告訴我，我可不依你。」

龍飛道：「不說出來，我也是不舒服。」

紫竺道：「有話就要說，憋在心窩裡自己難受，誤會了也不曉得。」

龍飛道：「這句話不就是我以前時常教訓妳的？」

紫竺道：「現在可要我教訓回去？」

龍飛啞然失笑。

紫竺催促道：「快說啊。」

龍飛道：「這得從前天說起。」

紫竺道：「前天的事了？」

龍飛點頭。

紫竺道：「你來啊。」牽住了龍飛的手。

龍飛道：「去哪兒？」

紫竺道：「我那個小樓，就像是以前一樣，我給你煮壺香茶，你詳詳細細的跟我說。」

她牽著龍飛的手，漫步向那邊走去。

這豈非也是以前一樣？

◇◇◇◇

茶很香，紫竺煮茶的技術實在高明。

但絕非天下無雙。

龍飛喝過煮得更精美的茶，卻還是覺得，比不上現在這種。

因為這種茶是紫竺親手替他煮的。

美人情重。

雖非酒，龍飛心神已俱醉。

三年了。

他卻只呷了一口，是紫竺不讓他呷下去，因為他的話匣子已經打開。

事情實在太離奇。

紫竺催促龍飛說下去，而且不停的發問。

她問得很詳細，龍飛也說得很詳細。

聽到那個赤裸的木美人相貌與自己一樣，紫竺的臉頰不由紅了起來，不由整整自己的衣衫。

龍飛的目光亦自然落在紫竺的胴體之上。

紫竺的臉頰也就更紅了。

紅得有若黃昏時天邊的晚霞。

可是晚霞又哪裡有這樣美麗，這樣迷人？

十二 紅衣

話說完的時候，杯中的茶已經冷了。

龍飛輕呷了一口，完全沒有留意這件事，眼睛盯穩了紫竺。

紫竺也沒有留意，並沒有替龍飛換過那杯茶，只是雙眼凝望著龍飛，好像仍未知道龍飛已將話說完。

小樓陷入了一種難言的寂靜中。

這座小樓佈置得非常精緻。

精緻而清雅，清雅而自然。

若是從一個人的居處能夠看得出一個人的性格，那麼紫竺應該就是一個很純真的人。

在龍飛的印象中，紫竺也確實如此。

但紫竺也是一個人，人總會變的。

能夠完全支配命運的人實在太少，一個怎樣純真的人在環境壓迫之下，也會變得不純真，做出一些在平日不會做的事情！

這三年以來，紫竺是否跟三年之前一樣，一些也沒有改變？

龍飛不知道。

不知道自然亦不能夠肯定，所以在未見紫竺之前，他不免有些懷疑，但見了紫竺之後，他心中的懷疑已經迅速地消滅。

紫竺給他的感覺，畢竟仍然是三年之前一樣，一些也沒有改變。

◇

也不知多久，紫竺終於打破了那種靜寂，開口道：「現在我明白了。」

龍飛道：「明白什麼？」

「何以你對我那麼冷漠，與三年前完全兩樣！」紫竺一頓道：「原來你懷疑我曾經做過對不起你的事情。」

龍飛道：「我從未聽你提過蕭玉郎這個人，那個木像也實在太像你了，所以在未見到你之前，難免就有此懷疑。」

紫竺道：「現在呢？」

龍飛道：「沒有了。」

「為什麼？」

「你待我與三年之前完全一樣，並沒有什麼不同，而且我絕對相信，你絕對不會騙我。」

紫竺微喟道：「當時你心情怎樣，我是明白的，換轉我是你，相信也是一樣。」

龍飛道：「嗯。」

紫竺道：「沒騙你，我確實完全不知道蕭玉郎刻下了那樣的一個木像。」

龍飛道：「他既然是那麼喜歡妳，先後又曾多次見過妳，將那個木像刻成妳那樣子，亦是一種輕而易舉的事情。」

紫竺臉頰倏又一紅，道：「卻不該將我刻成一絲不掛。」

龍飛道：「你是他刻的，他喜歡怎樣就怎樣，誰管得了。」

紫竺道：「你不會懷疑我是曾經在他面前……」

龍飛搖頭。

紫竺沉默了一會，臉頰忽然變得更紅，輕聲說道：「要想證明這件事其實也很容易。」

她緩緩站起身子，倏的解開了腰帶。

龍飛一怔，脫口道：「紫竺。」

「不要阻止我！」紫竺從容褪下了衣衫。

沒有任何的動作，一切都是那麼的自然。

龍飛的呼吸不由自主急促起來。

紫竺晶瑩的胴體終於赤裸裸的出現在他面前。

龍飛幾乎立即就肯定那個木美人雖然容貌與紫竺一樣，胴體可完全不同。

紫竺是纖巧的，那個木美人卻是豐滿的。

毫無疑問，那個木美人只是出於蕭玉郎的憑空想像。

他雖則具有一雙魔手，並沒有一雙魔眼。

也幸好他沒有一雙魔眼。

◇◇◇

晶瑩如玉，潔白如雪。

紫竺赤裸的胴體雖不怎樣豐滿，但纖巧，也有纖巧的魅力。

龍飛的眼睛貪婪地在紫竺赤裸的胴體上游移起來。

紫竺忽然發覺。

「壞死了！」她嚶嚀投入龍飛懷中，舉手輕捶龍飛的胸膛。

龍飛無言緊摟著紫竺。

紫竺倏的又哭了起來，哭得顯然很傷心。

龍飛輕撫著紫竺的秀髮，柔聲道：「紫竺，委屈妳。」

紫竺哭著道：「不。」

龍飛道：「對不起，我竟然混帳到懷疑妳。」

紫竺道：「這不能怪你。」

她連隨問道：「是不是一樣？」

龍飛斬釘截鐵的道：「不是。」

「你現在相信我了？」

「我方才不是已經說過，絕對相信妳不會騙我。」

紫竺緩緩的抬起頭，眼中有淚，淚中有笑。

龍飛舉起手輕輕的替紫竺抹去眼淚，道：「其實妳不用這樣做。」

紫竺道：「你不會因此輕賤我吧！」

龍飛道：「不會，妻子在丈夫面前脫下衣服，本就是天經地義的一回事。」

紫竺微嗔道：「誰是你的妻子了？」

龍飛道：「妳！」

他的目光又落下，道：「幸好我不是一個色魔。」

紫竺舉手掩住了龍飛的眼睛，道：「不許你再望。」

龍飛一笑道：「快穿上衣服，小心著涼了。」

紫竺道：「你先將眼睛閉上。」

龍飛將眼睛閉上。

可是紫竺才將手鬆開，他的眼睛又張開。

紫竺驚嚷。

龍飛笑著替紫竺將衣服拾起來，替她穿上。

然後紫竺又偎在龍飛的懷中。

多少柔情？

◇◇◇

良久。

紫竺再從龍飛懷中將頭抬起來，道：「飛，以你看，這到底是怎麼一回事？」

龍飛道：「看不出。」

紫竺道：「真的有妖魔鬼怪？」

龍飛道：「無論有沒有，相信不久就會有一個清楚明白。」

紫竺道：「哦！」

龍飛道：「什麼事情也好，總會有一個終結，我有種感覺，這件事情已接近終結了。」

紫竺奇怪道：「為什麼你會有這種感覺？」

龍飛道：「也許就因為蕭若愚的出現。」

紫竺道：「不知道他現在怎樣了？」

她嘆息接道：「這孩子雖然是一個白痴，本性到底很善良。」

龍飛道：「他顯然是認識妳。」

紫竺道：「以前他不時過來這邊，要求我教他讀書識字。」

龍飛道：「哦？」

紫笁苦笑道：「他認識一個字卻最少比別的孩子多花一百倍的時間。」

龍飛道：「他什麼時候開始才沒有過來？」

紫笁思索著道：「怕也有四年了。」

龍飛道：「這是說，妳已經有四年沒有見過他？」

紫笁搖頭道：「有幾次在後院散步，看到他在隔壁練輕功。」

龍飛道：「他有沒有看到妳？」

紫笁點頭道：「有一次他還跳上牆頭跟我說話。」

龍飛問道：「你可有問他為什麼不過來？」

紫笁道：「他說是他爹爹要他練武功，不許再過來這邊，說完這句話，便慌忙跳下。」

龍飛皺眉道：「為什麼蕭立不許他再過來？」

紫笁道：「誰知道，他們一家都是怪人。」

龍飛道：「何以見得？」

紫笁道：「你不知道了，這三年以來，他們就好像與世隔絕，門整天緊閉，聽說所有的朋友都謝絕探訪。」

龍飛道：「師叔也沒有例外？」

紫竺道：「也沒有。」

龍飛道：「不是說他們以前是好朋友，並肩攜手，出生入死？」

紫竺道：「確實是這樣。」

龍飛道：「不成他們之間發生了什麼意見？」

紫竺道：「倒未聽爹爹說過。」

龍飛道：「他們是什麼時候開始不相往來？」

紫竺道：「很多年前的事了，我記得，以前蕭伯伯不時到來，爹爹也不時過去，跟著就只有逢年過節才來一趟，也只是放下禮物，寒暄幾句便離開，最後逢年過節也不見來了，甚至爹爹過去那邊，僕人都說主人不在，連禮物也不收下，幾次之後，亦沒有再去了。」

龍飛道：「這的確非常奇怪，對於這件事，師叔有什麼話說？」

紫竺道：「來來去去都是那一句。」

龍飛道：「哪一句？」

「老是不在家，到底忙什麼？」

「哦？」

「最後連這句話也不說了。」紫竺一頓，道：「也就由那個時候開始，爹爹便顯得有些悶悶不樂，說話也日漸減少。」

龍飛道：「這樣說，其中原因師叔似乎亦心中有數。」

紫竺道：「你以為是什麼原因？」

龍飛道：「可問倒我了。」

紫竺轉問道：「那個藍衣人，你懷疑真的是我爹爹？」

龍飛道：「是有些懷疑。」

他反問紫竺：「妳今天回來，有沒有發覺師叔有什麼與平日不同之處？」

紫竺眼珠子一轉，道：「給你這一提，我倒想起了一件事情。」

龍飛道：「是什麼事情？」

紫竺道：「先刻我見壽伯買了很多酒回來，聽他說，是爹爹叫他買的。」

龍飛道：「師叔現在在什麼地方？」

紫竺道：「我回來的時候，他是在書齋之內，什麼也不問，卻叫我不要再進去書齋打擾他。」

她一呆接道：「這是從未有過的，怎麼我當時想不起來？」

龍飛道：「我知道原因。」

紫竺詫異的望著龍飛，道：「是什麼原因？」

龍飛笑笑道：「妳聽說我回來，盡在想著我。」

紫竺嘟嘴道：「誰盡想你了？」

龍飛一正面色，道：「那個藍衣人倘若真的就是師叔，師叔與蕭夫人白仙君之間，只怕……」

他雖然沒有說下去，紫竺已經明白，沉吟道：「爹爹不像那種人。」

龍飛點頭道：「我也是這樣想，不過這件怪事與蕭夫人有關，卻是無庸置疑的。」

紫竺道：「她已經死了三年。」

龍飛道：「相信是真的。」

紫竺道：「我們卻全不知情。」

龍飛道：「這是因為你們兩家人之間，已根本沒有來往。」

紫竺搖頭道：「真不可思議。」

龍飛道：「看來我們還是找師叔，開心見誠的談談。」

紫竺沉吟道：「爹爹多少總該知道一些的。」

龍飛道：「師叔如果肯直說，最低限度我們可以清楚一件事。」

紫竺道：「是否就是你昨夜見到的那個藍衣人？」

龍飛點頭道：「不錯。」

「走！」紫竺牽著龍飛的手，急步向外面走去。

龍飛也跟著走去，他的腳步很輕鬆，一如他現在的心情。

他的面上充滿了歡笑。

無論誰，有一個好像紫竺那樣的愛人，都應該高興。

◇◇◇

穿過院子，出了月洞門，迴廊左轉，書齋已在望。

梧桐，青竹。

竹仍綠，桐葉卻已經不少枯黃。

風吹葉落，秋意蕭瑟。

龍飛、紫竺才進入院內，就聽到一陣瘋狂也似的怪笑聲。

怪笑聲正是從書齋那邊傳過來。

他們循聲望去，就看見一個紅衣人。

畫齋的門戶並沒有關閉，那個紅衣人正站在書齋之內，背著他們，縱聲狂笑。

「不好！」

龍飛、紫竺一聲驚呼，身形齊飛，疾向那邊掠去。

他們才來到書齋門前，那個紅衣人已經倒在地上，到底是怎樣回事？

是不是那個紅衣人雖然擊倒了丁鶴，亦傷在丁鶴的勾魂一劍之下？

紫竺驚呼：「爹爹！」

龍飛大叫：「師叔！」雙雙搶入。

一陣濃郁的酒氣迎面撲來。

書齋內橫七豎八，盡見酒瓶，獨不見丁鶴。

不少酒濺在地上，那個人的一身紅衣亦酒痕斑駁，他側身倒臥地上，鼻鼾聲如雷。

龍飛目光一轉，心頭一動，一把將那個紅衣人身子反轉。

兩人立時齊都怔住在那裡。

那個紅衣人並非別人，就是丁鶴。

兩人怔了好一會，才如夢初覺，一齊將丁鶴扶起來，扶到那邊的竹榻上。

丁鶴一點兒反應都沒有，由得他們擺佈。

龍飛只恐丁鶴出了什麼事，連隨仔細檢查了他的穴道一遍。

他的手才停下，紫竺已迫不及待的問道：「爹爹到底怎樣？」

龍飛道：「沒有什麼，只是醉倒了。」

紫竺這才鬆過一口氣。

龍飛目光周圍一掃，道：「師叔喝的酒可真不少。」

紫竺皺眉道：「爹雖然有時也會喝酒，但都是淺嚐即止，從未試過像現在喝得這麼多，醉成這樣子。」

龍飛道：「酒既然是他吩咐壽伯買回來，可見他是存心一醉了。」

紫竺道：「為什麼？」

龍飛苦笑道：「我怎會知道。」

紫竺擔心的道：「這樣醉倒，不會有事吧？」

龍飛道：「應該不會，酒力一過，就會醒來了。」

紫竺道：「你有沒有辦法將爹立即弄醒？」

龍飛道：「辦法是有的，但是那樣弄醒他，對他並不好，而且他神智模糊之下，不難會見人就打罵。」

紫竺道：「那麼怎樣辦？」

龍飛道：「由得他自己醒來好了。」

紫竺道：「要多久？」

龍飛道：「難說，也許一時半刻就可以，三天兩夜亦不無可能。」

紫竺怔住在那裡。

龍飛微喟道：「他現在醉得實在太厲害了。」

紫竺目光落在丁鶴身上那襲紅衣之上，道：「爹又穿這件紅衣了。」

龍飛奇怪道：「師叔很多時穿上這件紅衣？」

「不，一年就只穿一次。」紫竺想想道：「也就是在每年的這一天。」

龍飛道：「哦？」

紫竺道：「你是不是覺得很奇怪？」

龍飛點頭。

紫竺道：「我也很奇怪。」

龍飛道：「妳從來沒有問過他是什麼原因？」

紫竺搖頭說道：「爹不肯詳細的告訴我。」

龍飛道：「那麼對妳說過什麼？」

紫竺道：「一次爹無意透露他穿上那件紅衣是為了紀念一個人。」

龍飛道：「誰？」

紫竺道：「也許是我媽媽，聽壽伯說，我媽媽在生之時，爹爹的衣服，都是她親自一針一針縫的。」

龍飛沉吟不語。

紫竺接問道：「你是否懷疑你追的那個紅衣人，就是我爹爹？」

龍飛微喟道：「紫竺，妳說這是不是太巧合？」

紫竺不能不點頭，卻接道：「可是爹爹的臉龐雙手並沒有你說的那種鱗片。」

龍飛道：「那也許是一個面具，是一雙手套。」

紫竺道：「面具手套呢？」

龍飛道：「那並非什麼笨重之物，要收藏起來，相信很簡單。」

紫竺道：「爹爹又為什麼那樣做？」

龍飛淡淡一笑道：「這要問他了。」

一頓又說道：「現在我們就只是懷疑，或者另有其人亦未可知。」

紫竺道：「一定是另有其人。」

龍飛並沒有分辯，目光一閃，忽然道：「乘此機會，看看師叔的左手如何？」

紫竺不假思索道：「好！」

龍飛連隨從袖中取出那方白巾。

白巾內就裹著他在屏風下找到的那截斷指。

是否丁鶴的手指？

◇◇◇◇

丁鶴的左手仍然纏著白布。

將白布解開，龍飛、紫竺都不由心頭一沉。

丁鶴左手的中指赫然齊中斷掉。

龍飛急從白布內將那截斷指取出，接上去。

斷口竟完全吻合，膚色亦完全一樣。

這毫無疑問就是丁鶴的手指。

紫竺失聲道：「怎會這樣呢？」

龍飛嘆了一口氣，道：「那個藍衣人只怕真的就是師叔了。」

紫竺道：「為什麼？」

龍飛截口道：「師叔醒來之後，一定會給我們一個清楚明白。」

紫竺已完全沒有主意，呆呆的頷首。

龍飛接說道：「現在我們先替他裹好斷指，然後等候他醒轉。」

紫竺只有點頭。

龍飛於是將丁鶴那隻左手裹回原狀。

紫竺又怔在那裡。

龍飛很明白紫竺的心情，安慰道：「放心，師叔乃俠義中人，這件事其中必然早有蹊蹺，未必如我們所想的那樣壞。」

紫竺一聲嘆息，偎入龍飛懷中。

龍飛輕撫著紫竺的肩膀，盡說安慰的話。

好一會，紫竺忽然抬頭說道：「反正是閒著，我們到隔壁蕭伯伯那兒走一趟好不好？」

龍飛答道：「現在他們也應該回來了。」

紫竺皺眉道：「不知道蕭若愚有沒有生命危險？」

龍飛道：「希望沒有。」

紫竺嘆息道：「這個人實在太可憐，如果他在鎮中有朋友，根本就不會走去義莊跟死人玩，也就不會發生這件事。」

龍飛道：「他必有所見，否則不會那麼說話，那個怪人亦不會暗算他。」

紫竺道：「我們走。」

龍飛牽著紫竺的素手，出了書齋，反手將門戶掩上。

紫竺目光一轉，道：「我們先看看隔壁那個荒廢的院落。」

龍飛道：「那麼我們就越牆過去，也省得左繞右轉。」

紫竺並沒有異議。

十三　白痴

秋風蕭索，庭院荒涼。

龍飛、紫竺攜手並肩走在齊膝的荒草之上，心頭亦一片蕭索。

紫竺左顧右盼，顯得驚訝之極。

「這地方怎麼變成這樣子？」

「據說白仙君死後，蕭立就將這地方封閉，不許下人進入，白三娘雖然間中有來打掃，也只有打掃那座小樓而已。」

「蕭伯母是個很難得的女人，又漂亮又溫柔。」

「你也是。」

「油嘴。」

兩人談談笑笑，進入了蕭玉郎居住的那個遍是木雕的黑蜥蜴的莊院。

紫竺目光一轉，打了一個寒噤。

「莫非真的是蜥蜴作祟？」

「誰知道？」

紫竺也不敢多留，急急從那些木雕蜥蜴中走過。

龍飛的記性實在不錯，只一次便已記穩，從容將紫竺帶到來前院。

他們老遠就聽到了嘈雜的人聲。

一個霹靂也似的聲音旋即響起來：「你們四面守著，小心防範。」

龍飛聽著一笑，道：「是他。」

紫竺道：「誰？」

「鐵虎！」

「那個捕頭？」

「嗯。」龍飛舉步跨出月洞門。

鐵虎正立在大堂石階上，他手下的捕快正四面散開。

其中一個捕快連隨發現了龍飛和紫竺，一怔道：「龍大俠！」

龍飛點頭道：「你們都好吧！」

那個捕快道：「都好。」目光轉落在紫竺面上，立時露出了驚訝之色。

龍飛沒有理會，拉著紫竺走向鐵虎。

這時候鐵虎亦已看見，同樣驚訝的盯著紫竺。

龍飛明白他驚訝什麼。

紫竺也發覺了，道：「怎麼他們都這樣望著我？」

龍飛道：「就因為那個木像。」

紫竺的臉頰不禁一紅。

兩人終於走上了石階，鐵虎才如夢初覺，他知道失態，收回目光，道：「這位相信就是丁姑娘了。」

紫竺欠身道：「鐵大人。」

鐵虎一愕道：「是小飛教妳這樣稱呼的吧！」

龍飛笑笑截道：「我只會教人叫你老虎。」

鐵虎大笑道：「老虎也好老鐵也好什麼都好，不要叫大人就成。」

龍飛道：「你可是個官。」

鐵虎道：「一個小捕頭，官什麼。」

他連隨問道：「你追著那個紅衣怪物，不成就追到了這裡來？」

龍飛道：「嗯。」

「那個怪物呢？」

「逃掉了！」龍飛回問道：「你那邊怎樣？」

「沒什麼，只是那個蕭若愚始終昏迷不醒！」

「現在人呢？」

「在堂中。」

堂中這時候有哭聲傳出來。

三人慌忙奔進去。

蕭若愚被放在堂中那張八仙桌之上，雙目緊閉，一個身子直挺挺的，一動也不動。

八仙桌的一側地上，放著載蕭玉郎那副棺材。

棺蓋未蓋上，蕭玉郎仰臥在棺中，口角溢血，臉龐紙白。

白三娘就坐在蕭玉郎與蕭若愚之間的一張椅子之上，正伏在桌旁痛哭。

龍飛三人這才放下心。

鐵虎吁了一口氣，道：「我還以為又有什麼事發生。」

龍飛目光一落，道：「她看著他們兄弟長大的。」

鐵虎道：「難怪她這樣傷心。」

紫竺卻一聲不發，怔怔的盯著大堂左側。

一尊木像正放在那裡。

也正是那一尊面貌與她一樣的木雕美人。

龍飛也發覺了，問道：「是不是很相似？」

紫竺低聲道：「嗯。」臉頰倏一紅。

龍飛知道紫竺想起了什麼，道：「幸好就只有一雙魔手。」

紫竺輕輕的推了龍飛肩膀一下。

鐵虎即時道：「丁姑娘知不知道蕭玉郎雕刻這尊木像的事情？」

他問得也算技巧的了。

紫竺紅著臉，低聲應道：「我完全不知道。」

鐵虎又看了那尊木像一眼，輕嘆道：「魔手不愧是魔手。」

紫竺卻轉望向對門那面照壁。

那扇素白的屏風仍未拉回，照壁之前的東西一覽無遺。

紫竺的目光正落在那尊作水月觀音裝束，幽然作觀水月之狀的木像之上。

白煙繚繞，一股淡淡的檀木氣味飄浮在空氣中。

紫竺忽然一聲輕嘆道：「太像了。」

龍飛道：「他只憑記憶，雕刻別人也那麼神似了，朝夕相對的母親，又豈會不像？」

紫竺道：「可惜嘴巴弄壞了。」機伶伶的打了一個寒噤。

那尊木像的相貌本來很慈祥，就因為嘴巴裂開了，竟彷彿要擇人而噬，變得恐怖起來。

鐵虎插口道：「木像是那條黑蜥蜴弄破的。」

龍飛頷首道：「你也知道？」

鐵虎道：「蕭立說的。」

龍飛道：「在義莊？」

鐵虎道：「煙散後不久，他就趕來了，聽說是從你口中知道消息的。」

龍飛道：「不錯，我追進來這裡的時候，正遇他呼喚追尋蕭若愚。」

鐵虎道：「哦？」

龍飛道：「他以為那個紅衣人就是蕭若愚。」

一頓轉問道：「蕭玉郎的事情你相信已經知道了。」

鐵虎點頭道：「在義莊那裡，蕭立已約略跟我說過，方才我亦已問過了一趟那位白三娘，當時你也在場的，對於那件事，你又怎樣看？」

龍飛道：「我實在難以相信竟然有那種事發生，但又不能不相信，在我當時的感受，簡直就像是做了一場噩夢。」

鐵虎道：「真的有一條黑蜥蜴從蕭玉郎的口內走出來？」

龍飛道：「是真的。」

鐵虎苦笑道：「難道蜥蜴也竟有魂魄，也竟會作祟報仇？」

龍飛道：「有沒有會不會，總會有一個水落石出的。」

鐵虎道：「嗯。」

龍飛又問道：「你們為什麼都走來這裡？」

鐵虎道：「是蕭立的意思。」

龍飛道：「他現在哪裡去了？」

鐵虎道：「趕去鄰鎮找華方。」

龍飛道：「『妙手回春』華方？」

鐵虎道：「正是。」

龍飛道：「聽說那個華方乃是神醫華陀的後人。」

鐵虎道：「是不是不得而知，但他的醫術，卻無可否認確有過人之處。」

龍飛道：「蕭立那麼急找他，想必就為了蕭若愚。」

鐵虎道：「他驗出蕭若愚乃是中毒昏迷。」

龍飛道：「一被噴中就昏迷過去，怪物那口白煙有毒亦意料中事。」

鐵虎道：「蕭立卻驗出那是唐門的『冰魄散』！」

「冰魄散？」龍飛聳然動容，急步走向那張八仙桌。

鐵虎、紫竺不約而同的跟了上去。

白三娘這時候已收住哭聲，抬頭看見了紫竺，當場就一呆。

紫竺亦發覺，道：「三婆婆，還記得我嗎？」

白三娘顫聲道：「紫竺小姐，怎麼你也來了？」

那瞬間，她也不知想起什麼，倏的又哭了起來。

紫竺連忙安慰道：「別哭了，若愚不會有事的。」

白三娘搖搖頭說道：「怎會沒有事，他全身都冷冰冰的，一點兒也不像是個活人。」

紫竺道：「蕭伯伯已去請了大夫。」

白三娘流著淚道：「藥醫不死病，請大夫來又有什麼用？」

紫竺道：「若愚還沒有死啊。」

「妳別騙我了。」白三娘忽然睜大了眼睛，怔怔的望著紫竺。

她的神情顯得很奇怪。

紫竺看見也奇怪，道：「三婆婆，妳又怎樣了？」

白三娘顫抖著道：「紫竺小姐，妳千萬也要小心才好。」

紫竺道：「為什麼？」

白三娘擔心的道：「那隻黑蜥蜴的魂魄只怕連妳也不肯放過。」

紫竺道：「我可沒有開罪他。」

白三娘欲言又止。

紫竺道：「三婆婆，妳有話不妨跟我直說。」

白三娘目光轉向那尊面貌與紫竺一樣的木像，道：「妳知道的了，那個怪物老是帶著妳那個木像出入，妳千萬小心，千萬小心啊！」

她一再叮囑。

紫竺總覺得白三娘說話神情有些特別，卻又瞧不出特別在那裡。

龍飛即時一聲驚呼道：「好厲害的冰魄散！」

◇◇◇

蕭若愚的臉頰本來紅蘋果也似，可是現在卻有如白紙。

龍飛伸手一摸，一股寒氣就從手心透上。

蕭若愚的肌膚竟冷如冰，彷彿給冰在雪中多時。

鐵虎聽得驚呼，忙問道：「果真是中了冰魄散？」

龍飛道：「據說中了冰魄散，就是這樣子。」

鐵虎道：「你其實也不清楚。」

龍飛道：「這種毒藥雖然曾一度名震江湖，到底是十年前的事情。」

鐵虎點頭道：「那時候你應該尚未出道。」

龍飛一笑道：「武功都尚未練好。」

鐵虎道：「只是聽說過這種東西。」

龍飛道：「但蕭立應該清楚，看來他甚至已經肯定，否則也不會去找『妙手回春』華方。」

鐵虎道：「何以見得？」

龍飛道：「以我所知，華方是唯一曾經從這種毒藥之下將人救回來的人。」

鐵虎道：「蕭立也是這樣說。」

龍飛微喟道：「現在就要看，他能否將華方找到來了。」

鐵虎道：「聽他說，冰魄散雖然厲害，但仍有一天可活。」

龍飛道：「可是八個時辰之內得不到解藥，中毒者五臟就會硬化，即使扁鵲華陀重生，一樣回天乏術。」

鐵虎道：「由這裡到鄰鎮，快馬來回，大概無須三個時辰。」

龍飛道：「問題是在，華方是否在家中。」

鐵虎仰首遠望天外，說道：「生死有命。」

龍飛無言！

鐵虎目光一落接問道：「聽說冰魄散乃是唐門所有。」

龍飛道：「相信也只有唐門才能夠煉出如此霸道，如此奇怪的毒藥。」

鐵虎道：「嗯。」

龍飛沉吟道：「唐門弟子終年累月都是在研究毒藥，數百年下來，何止百十種，據說他們並不像武林中的其他門派，全都致力於創造，是以日新月異，層出不窮。」

鐵虎道：「也難怪這個門派，數百年來始終屹立不倒。」

龍飛接道：「以我所知，這種冰魄散十年前才出現，乃唐門高手唐十三所創造的。」

鐵虎回答道：「沒有聽過唐十三這個人。」

龍飛道：「他已經死了十年有多。」

鐵虎道：「哦？」

龍飛道：「自從他死後，這種冰魄散據說亦沒有再在江湖中出現。」

鐵虎道：「莫非已失傳？」

龍飛道：「是也說不定。」

鐵虎沉吟道：「現在卻竟從那個怪物的口中噴出來。」

龍飛沉默了下去。

鐵虎苦笑道：「從妖魔鬼怪的口中噴出死人的毒藥，豈非也頗合情理？」

龍飛亦苦笑，一雙劍眉不知何故竟皺了起來。

鐵虎忽然問道：「唐十三是怎樣死的呢？」

龍飛道：「死在一個高手的劍下。」

鐵虎道：「那個高手又是誰？」

龍飛沒有作聲，一雙劍眉皺得更緊。

鐵虎鑑貌辨色，試探道：「莫非你認識那個高手？」

龍飛點頭。

鐵虎追問道：「到底是誰？」

龍飛沉吟道：「就是我師叔。」

紫竺一旁聽得很清楚，脫口道：「是我爹爹？」

龍飛頷首，接道：「我只有這一個師叔。」

紫竺的俏臉不由就一白。

龍飛道：「唐門對於這件事，卻沒有追究。」

鐵虎道：「想不到丁鶴一劍，竟能夠鎮住整個唐門。」

龍飛搖頭道：「沒有人能夠鎮住唐門的。」

鐵虎道：「哦？」

龍飛道：「唐門弟子千百，高手輩出，用毒手法的高明，亦不是一個人所能夠防避。」他一頓沉聲接道：「每一個人都有疏忽的時候。」

鐵虎道：「如此豈非就可以輕易君臨整個武林？」

龍飛道：「君臨整個武林又談何容易？況且唐門世代傳下來的戒條之一，就是嚴禁門下弟子在江湖上胡作妄為。」

鐵虎道：「是這樣。」

龍飛道：「是以唐門弟子很少在江湖之上惹事生非，卻也不容人輕侮。」

鐵虎道：「那麼他們何以又不對丁鶴採取報復行動？」

龍飛道：「這是因為唐十三當時已被逐出唐門。」

鐵虎道：「又是為什麼？」

龍飛道：「據說是犯了色戒。」

鐵虎道：「丁鶴想必亦因此殺他。」

龍飛道：「正是。」

鐵虎道：「唐門勢必亦引以為辱，嚴禁門下弟子用他的冰魄散也就不難想像了。」

龍飛道：「也許正如你所說。」

鐵虎又問道：「他既然死在丁鶴劍下，那麼他用的冰魄散有沒有落在丁鶴手上呢？」

龍飛早已料到鐵虎有此一問，但他仍然不禁一呆，半晌，才鄭重的說道：「這件事情我並不清楚。」

紫竺道：「我也沒有聽爹爹說過。」

這一次，到鐵虎沉默了！

龍飛、紫竺看得出他在懷疑。

他也確實在懷疑，幹他這一行的人，疑心本來就比一般人來得重！重很多！

龍飛、紫竺卻只有苦笑。

事實他們也都在懷疑。

也就在這個時候，他們聽到了一聲呻吟。

三個人都齊皆一怔，白三娘當然也沒有例外，四個人，八隻眼，不約而同，一齊落在蕭若愚的面上。

蕭若愚的臉頰亦赫然已沒有方才那麼蒼白！

鐵虎脫口道：「怎會這樣子？」

紫竺說道：「他中的也許並不是冰魄散。」

鐵虎道：「天下間難道有第二種毒藥，中毒後與冰魄散相似？」

紫竺道：「也許有。」

她也希望真的有。

鐵虎不覺點頭道：「天下之大，無奇不有，就是有也不奇怪，只是這麼巧。」

龍飛忽然道：「蕭立的判斷，應該不會錯誤的。」

鐵虎道：「但他剛死了一個兒子，唯一的兒子又變成這樣子，悲痛之下，就判斷錯誤也並非完全沒有可能。」

龍飛道：「站在我的立場，也希望他是判斷錯誤。」

鐵虎笑笑。

龍飛接道：「那也許真的並不是冰魄散，不過有一點，我們也得兼顧。」

鐵虎道：「哪一點？」

龍飛道：「蕭若愚乃是一個白痴。」

鐵虎道：「白痴也是血肉之軀啊。」

龍飛道：「但他的反應卻比較一般人遲鈍，而且他在蕭立的督促下，經年累月苦練，內外功兼修，可以肯定已成了高手中的高手。」

鐵虎不由得點頭，他並沒有忘記在義莊中，一個照面就被蕭若愚奪去手中的鐵鍊。

龍飛道：「倘若他不是一個白痴，方才我要將他制住，絕對不會那麼容易。」

鐵虎道：「那是說，冰魄散對他不起作用？」

龍飛道：「並不是不起作用，而是他內功高強，雖則昏迷當中，真氣也許仍然不停在身體內流竄，這時候，或者已將毒氣驅散。」

鐵虎道：「有這種可能？」

龍飛道：「有。」

他微喟接道：「一個人反應遲鈍有時也會有反應遲鈍的好處。」

鐵虎道：「如此可好了。」

話口未完，蕭若愚已悠悠醒轉。

這個白痴又是否能夠幫助他們解開心中的疑團？

十四 像中人

秋風蕭瑟，飄然從堂外吹進來兩片落葉。

葉已枯。

被風吹落的時候，葉的生命力亦絕。

蕭若愚的生命力卻在這個時候完全恢復。

他吁了一口氣，忽然在桌面上翻了一個身，颯的坐起來。

卻還未坐穩，連眼都尚未睜開，又倒了下去，一個頭重重的撞在桌面上。

誰也來不及將他扶住。

「哎唷——痛死我了！」一撞之下，蕭若愚竟然叫了起來。

眾人齊皆一樂。

蕭若愚連隨一雙手抱住腦袋，又坐起身來，還張開了眼睛。

白三娘再也忍不住，脫口呼道：「謝天謝地。」

蕭若愚一聽呆住，問道：「謝什麼天地？」

白三娘接道：「好了好了，二少爺你到底醒來了。」

蕭若愚好像現在才清楚聲音從哪兒來，回頭一望，看見白三娘，傻笑道：「還以為誰叫我，原來是妳啊！」

白三娘忙問道：「二少爺，你沒有事吧？」

蕭若愚說道：「我有什麼事，沒有事啊！」

白三娘連聲道：「好了好了。」

蕭若愚奇怪道：「什麼好了壞了，哎唷——」

他雙手捧著臉搖了幾下，忽然道：「三婆婆，怎麼妳都走來這裡玩？」

白三娘愕然道：「我走來哪裡了？」

蕭若愚道：「妳不是時常對我說，義莊有鬼，不要去那兒，怎麼妳又來？」

敢情他以為自己仍然在義莊之內。

白三娘苦笑道：「你又來胡說。」

蕭若愚道：「既然來到了，就隨便坐，我介紹幾個老朋友妳認識認識。」

白三娘忙道：「二少爺，這裡可是你的家啊！」

「嗄！」蕭若愚這時候才看清楚，一下跳了起來，怪叫道：「我怎會在這裡呢？」

他目光一落，終於看見了龍飛，瞪眼道：「又是你！」

龍飛正想說什麼，蕭若愚已接道：「你將我變回家不要緊，千萬不要將我變到閻王爺那裡。」

白三娘忙道：「二少爺，你……」

蕭若愚道：「三婆婆妳有所不知，這是妖怪，爹爹教我那幾下對他一些用也沒有。」

白三娘連聲嚷道：「二少爺，你先聽我說……」

蕭若愚卻在桌上跪了下來，衝著龍飛連連抱拳道：「妖大爺，妖大爺，我服了你了，我給你叩頭，你放過我好不好？」

他真的叩頭。

龍飛不禁啼笑皆非。

鐵虎不禁嘆了一口氣。

蕭若愚這才發現鐵虎，傻笑道：「鍾馗大老爺也給收服，做了他的跟班了。」

鐵虎苦笑道：「你怎麼忘記了我是用鐵鍊，不是鍾馗大老爺。」

蕭若愚「喔」的一聲，拍著腦袋道：「該死該死，我怎麼忘記了。」

他連隨回望著龍飛，說道：「他又不是鍾馗，你又不是妖怪，方才叩的頭我要收回了。」

龍飛道：「你收回好了。」

蕭若愚忽然又跳起來，尖叫道：「可是我怎麼會回到家裡來？」

紫竺即時笑道：「小弟。」

蕭若愚如遭雷殛，一下子轉過頭來，看見紫竺，立刻雀躍道：「紫竺姐姐，又見到妳了。」

紫竺詫異的問道：「什麼時候你見過我？」

蕭若愚道：「方才。」

紫竺追問道：「在哪裡？」

蕭若愚道：「在義莊，妳怎麼躺在棺材裡？」

紫竺這才明白他在說什麼，道：「你見的不過是你哥哥刻的木像。」

她連隨手指向放在堂左側那尊大像。

蕭若愚循望去，道：「不是一樣嗎？哥哥告訴我都是一樣的。」

紫竺搖頭道：「怎麼會一樣呢，木像不會笑，又不會說話。」

蕭若愚連連點頭道：「可是哥哥卻當真是妳，不時的紫竺，紫竺的叫啊。」

紫竺臉上不由一紅。

蕭若愚接道：「妳不信，我去找哥哥到來，妳可以問問他是不是？」

他目光無意一落，看見了桌旁那副棺材，看見了棺材放著的蕭玉郎，道：「怎麼哥哥也睡在棺材之內？」

連隨就拍手微笑道：「有趣有趣。」

眾人聽著，齊都鼻子一酸。

蕭若愚接道：「這可好了，不用到處去找他，哥哥，哥哥，紫竺姐姐說有話要問你。」

棺材內的人沒有反應。

蕭若愚卻完全瞧不出來，接嚷道：「哥哥，你平日不是很多話要對紫竺姐姐說？」

當然又沒有反應。蕭若愚動了幾下鼻翼，又道：「不成，睡著了？」

紫竺實在再也忍不住，失聲道：「你哥哥已經死了。」

蕭若愚一怔道：「死了又怎樣？」

鐵虎道：「像義莊那種死人一樣。」

蕭若愚立即跳起來，大叫道：「誰說的？」

紫竺嘆息道：「小弟，是真的。」

蕭若愚呆子一樣望著紫竺，道：「這是說，哥哥不會再說話，再走動了？」

紫竺黯然點頭。

蕭若愚又問道：「紫竺姐姐，妳不是騙我吧？」

紫竺道：「姐姐又怎會騙你？」

蕭若愚「哇」的伏倒桌上，大哭了起來，哭得很傷心。

白三娘忍不住亦哭了。

眾人一時也不知如何是好，都怔在那裡！

也不知過了多久，蕭若愚才收住了哭聲，在桌上坐起來，默默流淚。

鐵虎吁了一口氣，上前兩步，放軟聲音道：「小弟弟，有幾句話想問問你！」

蕭若愚望了鐵虎一言，道：「你是做官的，不跟你說話。」

他真是閉上嘴色，而且閉得緊緊的。

鐵虎苦笑，目注龍飛。

龍飛搖頭。他知道蕭若愚也一樣不會跟自己說話的。

白痴雖然腦筋遲鈍，但決定了的事情，就絕不會更改。

紫竺看在眼內，柔聲道：「小弟，那麼，跟我說成不成？」

蕭若愚卻竟不假思索，道：「成。」

紫竺道：「那麼我問你……」

蕭若愚瞪著鐵虎、龍飛道：「姐姐，他們在這裡，會不會聽到我們說話？」

紫竺點頭。她實在不忍欺騙蕭若愚。

龍飛明白紫竺的心情，目注鐵虎道：「我們都出去。」

鐵虎躊躇一下，終於舉起腳步。

蕭若愚目注他們出了大堂，道：「都走了。」

紫竺說道：「現在你可以放心說話了。」

蕭若愚點頭，道：「姐姐，有件事，很奇怪，很奇怪的。」

紫竺道：「你說啊！」

蕭若愚搖頭道：「我實在不明白。」

紫竺道：「不明白什麼？」

蕭若愚的眼淚忽然又流下。

正當此際，照壁前白仙君那尊木像倏的四分五裂，「嘩啦」的四下飛濺。

一個人同時從中飛出！

血紅色的衣衫，慘綠色的臉龐，一面蛇鱗，雙手亦是蛇鱗遍佈。

正是那個怪人。

他右手之中，此際握著一把閃亮的長刀，鋒利的長刀！

人如箭，刀如虹。

「呱」一聲怪叫，閃亮鋒利的長刀凌空向蕭若愚斬去。

紫竺驚呼。

蕭若愚卻呆然不動，淚湧如泉。

紫竺驚呼未絕，蕭若愚的人頭已然從刀光中飛起來。

鮮血狂飛。

紫竺一聲怒叱，反手抓住一張椅子，奮力砸向那個怪人！

那個怪人已經立足桌面上，「呱」的又一聲，刀一翻。

椅子刀光中碎飛，紫竺縮手急閃，同時抄住了第二張椅子。

龍飛、鐵虎「嘩啦」那一聲之中已經回頭。

一眼瞥見，兩人齊聲暴喝，不約而同反撲。

龍飛人如天馬行空，半空中劍嗆啷出鞘，人劍化成一道飛虹，凌空向那個怪人飛射去！

鐵虎那條鐵鍊亦「嘩啦」撤在手中，身形亦施展至極限。

那個怪人對他們似乎有所避忌，未敢逗留，一刀斬碎紫竺那張椅子，雙腳便往桌上一頓，身形疾向後倒射開去。

紫竺看得真切，一聲嬌叱，抄住的那張椅子颯然脫手，擲向那個怪人。

她驚怒之下，已全力出手！

那個怪人彷佛早已料到有此一著，人在半空，猛一個觔斗，右腳正踹在擲來那張椅子之上。

那張椅子「叭」的被他踢得疾飛了回去，反撞向龍飛，他身形藉此一踢之力，繼續向後飛，嘩啦的撞碎右牆一扇窗戶，疾穿了出去。

龍飛只恐紫竺有失，身形一飛，離弦箭矢一樣，亦是有去無回之勢。

他雖然目睹那張椅子迎面飛來，亦無從閃避。

那張椅子有紫竺一擲之力，再加上那個怪人一踢之力，實在是非同小可。

龍飛也知道厲害，那刹那之間，劍「嗡」然彈出一片劍芒，迎向飛來的椅子。

「沙」一聲，那張椅子一迎上劍光，就化成粉碎。

那刹那之間就像是變魔術一樣，整張椅子瞬眼間消失半空。

龍飛的身形同時落下。

鐵虎在後面只看得魄動心驚，失聲道：「可有事？」

龍飛道：「沒有！」身形又飛起，從怪人撞碎那道窗戶追去。

鐵虎亦緊跟著越窗追出去。

蕭若愚沒有頭的屍身才跌下，跌在桌面上，他那顆人頭也正落在桌面上。

白三娘這時才知道發生了什麼事，哀呼一聲，雙眼翻白，往地上就倒。

紫竺急忙一把扶住！

她的一張臉已經蒼白。

有生以來，她何嘗遇過這麼殘忍，這麼恐怖的事情？

血仍在奔流。

鮮血！

白痴何辜？

蕭若愚到底知道了什麼奇怪的事情，非死不可。

像中人到底又是什麼人？

十五　奪魄快刀

庭院蕭條。

怪人身形凌空飛舞，飛過海棠樹梢，舞過芭蕉葉頂，穿過院門，越牆翻屋，矯活非常，迅速之極。

龍飛緊追不捨！

鐵虎亦竭盡全力在後面狂追！

再過一道短牆，那個怪人已進入那座遍放木刻黑蜥蜴的莊院。

身形一落，一股白煙暴起！

龍飛後面看見，怪叫一聲，橫越一丈，掠上一旁瓦面，再一拔，在瓦面之上拔起二丈多三丈！

居高臨下，他看得很清楚，那個怪人並沒有在白煙中消失，也沒有化做一條黑蜥蜴，混在院內的黑蜥蜴之中。

他看得很清楚，那個怪人再翻過一道短牆，落在那個荒僻的後院內，旋即向那座小樓射去，白煙雖然起，但未濃，怪人的一身紅衣更鮮明觸目。

龍飛一聲長嘯，半空折腰，斜射向蜥蜴院。著地又拔地，穿白煙，越短牆，掠進後院內。

他連隨奔向那座小樓！

後面即時傳來了鐵虎一聲大叫：「龍飛！」

龍飛揚聲道：「在這兒。」身形卻不停。

「嘩啦」一聲暴響，也即時在樓中傳出。

◇

小樓的門戶盡開。

龍飛猛一聲暴喝，一劍化千鋒，人裹在劍光之中，連人帶劍，奪門而入。

沒有襲擊。

小樓也沒有人。

龍飛身形不停，人劍追向嘩啦聲響之處。

聲音他肯定是對門那邊傳來。

轉過那扇曾經出現一個半人半蜥蝪的怪物，在吸吮著一個面貌與白仙君相若的女人，飛揚中火燄中的那副怪畫，但後來卻又變成空白的那扇屏風，龍飛撲向對面牆壁。

那扇屏風現在仍然一片空白，屏風後面也一樣沒有人。

但牆壁上那個窗戶卻已經碎裂！

「嘩啦」那一聲，毫無疑問就是這個窗戶碎裂之時所發出來。

龍飛的身形在窗前停下。

窗外是後院的另一面，也一樣遍地荒草，在荒草之中，有幾棵芭蕉。

花已謝，花已殘。

風吹綠芭蕉兩叉。

一股難言的寂莫，難言的蕭索蘊斥其中。

其中卻沒有人！

那個怪人到底從哪個方向逃去？

龍飛瞧不出來，身形一縱，越過窗戶，掠入荒草之中。

然後他獵狗一樣搜索起來。

後面忽然又傳來了鐵虎的大叫聲。

「龍飛！」

「這邊！」龍飛應聲拔起了身子，掠上了小樓的瓦面。

再一縱，竄上了屋脊。

四顧無人，只見鐵虎，正踏著院中荒草向小樓奔來。

鐵虎也是在周圍張望，見龍飛立在屋脊之上，急問道：「可追到那廝？」

龍飛搖頭。

鐵虎又問道：「是不是又化做白煙飛上天去了？」

龍飛搖頭道：「我看見他逃進了這座小樓。」

鐵虎道：「那麼現在呢？」

龍飛道：「小樓後面的一扇窗戶被震碎，卻不知越窗之後那兒逃去。」

鐵虎道：「周圍都不見？」

龍飛道：「都不見。」

鐵虎咬牙切齒的道：「好小子，又給他逃去了！」

語聲方落，一聲慘叫，突然從隔壁那邊傳將過來！旋即有人嘶聲狂吼道：「丁鶴，你真的要殺我滅口？」

狂吼未絕，又是一聲慘叫！

龍飛、鐵虎聽得真切，齊皆聳然動容。

鐵虎脫口呼道：「住手。」一人鍊齊飛，翻過圍牆，躍下隔壁。

龍飛身形同時從屋脊上射出，箭一樣射了過去。

隔壁就是丁家。

也就是丁鶴那個書齋座落的那一個院落！

慘叫聲，狂吼聲，正是從書齋之內傳出來。

龍飛身形一落即起，人劍飛起，鐵虎嗆啷啷一抖鐵鍊，亦衝了過去。

書齋的門戶與龍飛、紫竺離開時一樣，仍然給掩上。

龍飛劍在身前，劍光飛閃！

那道門迎上劍光，嗤嗤嗤四分五裂！

龍飛人劍奪門而入，未碎在劍光中的門板紙一樣飛了起來。

那剎那他的心情實在緊張之極，也惡劣之極。

他聽得出那狂吼的語聲絕不像丁鶴所有，卻很像在哪裡聽過。

一時間，他又想不起是在哪裡。

——到底是誰狂吼丁鶴要殺人滅口？

龍飛劍如電，人如電，目光亦如電，一射入門，已瞥見了丁鶴。

他瞥見丁鶴的勾魂劍！

劍已經出鞘！

三尺三寸的長劍，狹長而尖銳，鋒利而閃亮，握在丁鶴的右手中，垂指地面，劍尖滴血！

鮮血！

在他的身前，在他的劍下，倒著一個紅衣人，血紅的衣衫，慘綠的肌膚，光膩的蛇鱗！

正是那個怪人。

刀仍在怪人手裡，刀鋒染滿了鮮血。

他的咽喉在濺血，人已經氣絕。

丁鶴左腰後也在流血，衣衫迸裂，肌膚外翻，一道血口斜開至脊椎骨旁邊。是刀口！

這顯然他雖則一劍勾魂，洞穿怪人的咽喉，自己亦傷在怪人快刀之下！

傷得無疑很重，但斬的並非要害，並不足致命！

可是龍飛才衝入，丁鶴就倒下！

他的一雙眼仍然圓睜，眼球上佈滿血絲，充滿了驚訝，也充滿憤怒！

龍飛方才已目睹那個怪人身形的矯活！刀法的迅速，但鐵虎也沒有走眼，他跟著進來，目光一落，不覺脫口一聲：「『一劍勾魂』果然名不虛傳。」

龍飛卻一聲不發，急步走過去，正準備替丁鶴封住腰後的穴道，阻止血液再外流，可是他一走近，就發覺丁鶴的血液已停止外流。

「奇怪？」

他連隨又發現丁鶴腰後傷口附近的肌肉逐漸蒼白起來，不由自主的伸手摸去！

一摸之下，龍飛面色驟變。

一股寒氣正從他手心透上，他非常自然的一縮手，失聲道：「冰魄散！」

鐵虎一怔，道：「什麼？」

龍飛道：「他正中了冰魄散！」

鐵虎道：「哪兒來的冰魄散？」

龍飛道：「只怕是來自刀上。」目光轉向怪人手中那柄刀。

那柄刀的刀鋒幽然散發著淡綠色的寒芒。

那種淡綠色已淡得接近白色，不在意根本就瞧不出來。

龍飛指按刀鋒，觸指冰寒，一觸忙縮開，沉聲道：「果然在刀上！」

鐵虎道：「這也許就是報應，他以冰魄散害人，現在自己也為冰魄散所制。」

龍飛沒有作聲，一雙劍眉已緊鎖在一起。

鐵虎又道：「為什麼他要這樣做？」

龍飛忽然手指零散落地上那些酒瓶，道：「鐵兄有沒有看見這些酒瓶？」

鐵虎道：「看見，與事情又有什麼關係？」

龍飛道：「我追著那個紅衣怪人，不錯是追到了這邊丁家，蕭立也看見那個紅衣怪人越牆跳了過來丁家這邊。」

鐵虎說道：「喏，丁鶴不就是身穿紅衣？」

龍飛道：「可是紫竺與我進來書齋的時候，他已經醉倒地上。」

鐵虎又道：「那是他故意醉給你們看的。」

龍飛道：「在那麼短的時間之內，他怎能喝得下這麼多瓶酒？」

鐵虎道：「喝一瓶，倒一瓶難道不成嗎？」

龍飛道：「當時他的確已經爛醉如泥了。」

鐵虎笑笑道：「有些人一瓶酒喝下就支持不住，變成滾地葫蘆了。」

龍飛閉上嘴巴。

鐵虎接道：「冰魄散創自唐十三，唐十三卻死在丁鶴劍下，那麼冰魄散落在丁鶴手上，並不是沒有可能的事。」

龍飛嘆了一口氣。

鐵虎又道：「蕭若愚不會不認識丁鶴的。」

龍飛道：「嗯。」

鐵虎道：「丁鶴卻也意料不到蕭若愚竟會在義莊內玩耍，發現了他裝神扮鬼的秘密。」

龍飛道：「嗯。」

鐵虎道：「鄰家的丁伯伯竟然會裝神扮鬼，在蕭若愚這個白痴來說，是不是很奇怪？」

龍飛道：「應該是。」

鐵虎道：「丁伯伯既然可以裝神扮鬼嚇人，他當然也可以才是，所以他當時就有，為什麼他不可以裝神扮鬼嚇人這一句話。」

龍飛不能不承認鐵虎分析得實在很有道理。

鐵虎接道：「也就在這個時候，丁鶴已經到來，他一心想看看自己昨夜的所為有什麼效果，卻聽到了蕭若愚那番說話，知道他的秘密被蕭若愚無意發現，於是就施放冰魄散，暗算蕭若愚以圖滅口！」

龍飛道：「說下去。」

鐵虎道：「到被你窮追不捨，於是就先入蕭家莊引開你的注意，再溜返書齋假裝醉酒。」

他一頓接著道：「可是他仍然放心不下！」

龍飛道：「你是說那些冰魄散的效果嗎？」

鐵虎道：「冰魄散並非他自己的東西，能否毒殺蕭若愚在他實在是一個問題，而他卻又分身不下，於是暗中早已通知了他的手下，也就是現在倒在他劍下這個紅衣人前去一看究竟。」

龍飛並沒有插口。

鐵虎又道：「他這個手下趕到了義莊，卻發覺蕭立已經先一步趕到，而且驗出蕭若愚乃中了冰魄散，去找『妙手回春』華方，及聽蕭立叫我們將蕭若愚送回家來，正中下懷，於是就先行偷入蕭家莊，藏身木像內，出其不意，格殺蕭若愚，逃回來這邊。」

龍飛道：「好像這樣的一個得力助手，殺了豈不是可惜得很？」

鐵虎道：「不殺卻會洩漏自己的秘密，權衡輕重，利用的價值既然也已沒有，此時不殺，更待何時？」

一頓又說道：「他這個手下萬料不到他竟然會殺人滅口，冷不提防，就被他一劍刺中咽喉，可是他這個手下到底武功高強，臨死仍然回砍他一刀！」

龍飛又不作聲。

鐵虎冷笑道：「他惟恐蕭若愚不死，利刀之上再加冰魄散，結果自己也傷在這張刀與那些冰魄散之下，豈非就是報應了。」

龍飛仍不作聲。

鐵虎一臉得色，仰天接道：「天網恢恢，疏而不漏，這雖然是一句老話，卻永遠合用的。」

龍飛終開口道：「鐵兄似乎疏忽了一件事。」

鐵虎道：「什麼事？」

龍飛道：「我這位師叔何以被稱『一劍勾魂』！」

鐵虎道：「這相信就是因為他出手毒辣，一劍便要人性命了。」

龍飛道：「不錯，在他的劍下從無活口！」

鐵虎道：「若不是如此手辣心狠，又怎會做出這種事情？」

龍飛道：「既然一劍勾魂，這個所謂他的手下，若被他一劍刺中咽喉之後，又焉有能力回砍他一刀？」

鐵虎道：「龍兄也疏忽了一件事。」

龍飛道：「你是說，我師叔喝了那麼多酒。」

鐵虎道：「一個人醉酒之下，出手難免就沒有平日那麼準確。」

龍飛道：「傷口可是在腰後。」

鐵虎道：「他一劍刺中對方咽喉，自然就以為對方必死，拔劍轉身，準備將劍入鞘，亦是很自然的舉動。」

龍飛微喟道：「但亦有可能，是那個怪人突來暗算，一刀砍在我師叔腰後，我師叔負傷之下，才反手一劍穿透了他的咽喉。」

鐵虎嘆息道：「龍兄的心情，我非常明白，丁鶴不管怎樣，畢竟還是龍兄的師叔。」

龍飛苦笑。

鐵虎接道：「可是那句話龍兄也聽到了。」

龍飛苦笑。

鐵虎道：「那句話，總不成是對我們說的。」

龍飛道：「是也未可知。」

鐵虎冷笑道：「他既然認識丁鶴，當然不會不清楚丁鶴的手段，明知丁鶴劍下從無活口，一劍勾魂，還要冒險去砍丁鶴一刀，目的只是在讓我們聽到那句話，使我們在懷疑丁鶴，有沒有這種道理？」

龍飛無言。

鐵虎沉聲道：「從方才砍殺蕭若愚那一刀，以及那個人身形的迅速矯活看來，他的武功只怕絕不在你之下。」

龍飛道：「應該是。」

鐵虎道：「以他的武功，是否用得著如此冒險嫁禍丁鶴，賠上自己的性命？」

龍飛實在說不過鐵虎，因為鐵虎的話實在很有道理。

他嘆了一口氣，將丁鶴抱起來，在旁邊那張竹榻放下，道：「要證明這件事很容易。」

鐵虎道：「等丁鶴醒來？」

龍飛道：「嗯。」

鐵虎問道：「你以為他還有多少分生機？」

龍飛道：「蕭若愚的內功未必比得上他。」

「你是說，蕭若愚能夠不為冰魄散所傷，丁鶴也應該能夠？」

龍飛道：「不錯。」

他說得雖然肯定，心裡其實也不大清楚。

丁鶴的面色這時候亦已蒼白了起來，傷口附近的肌肉更是死魚肉般，龍飛將他抱起來的時候，那種感覺與抱著一個死人並沒有分別。

龍飛方才也接觸過蕭若愚，兩個人比較，丁鶴顯然就嚴重得多。

鐵虎也瞧出來了，上前伸手往丁鶴的額角探了探，道：「蕭若愚雖然也中了冰魄散的毒，情況並沒有這樣惡劣。」

龍飛道：「並沒有。」

「你當然知道原因何在。」

「嗯。」

「蕭若愚只是被冰魄散噴中，他卻是被冰魄散直接進入血肉之內！」

「但無論如何，他仍然未死，只要他還有一口氣，就還有復原的希望。」

「哦。」

「藥醫不死病。」

「妙手回春華方？」

「蕭立豈非正前去找他來。」

「他本是為了自己的兒子奔波，現在卻變了為殺子的仇人，造化弄人，果真至此？」鐵虎實在想笑，卻又笑不出來！

龍飛搖頭道：「在未能夠完全證實之前，鐵兄還是不要太武斷。」

鐵虎一怔，大笑道：「龍兄，鐵某是怎樣的人，現在你還未清楚麼？」

龍飛一笑。

鐵虎笑接道：「做我這種工作的人，本來就是以證據為重。」

他的笑容忽然一斂，道：「但是到目前為止，一切對於你這位師叔很不利。」

龍飛道：「若是這怪人先動手，殺他也只是自衛殺人。」

鐵虎道：「若是這怪人先動手，你這位師叔自然就是無辜的。」

龍飛道：「到底怎樣很快就會有一個清楚明白。」

鐵虎道：「蕭立未必找得到華方。」

龍飛微喟道：「好像他那樣一個名醫，每日要應付的病人固然不少，要找他出診的病人勢必也是很多，找不到那也不奇怪。」

鐵虎道：「倘若真的是找不到，或者回來已不是時候，以你看，你這位師叔，是否還能夠生存下去？」

龍飛沉吟了一會，皺眉道：「以他現在的情形看來，那種冰魄散的毒性實在是厲害得很，找不到華方的話，我師叔這條生命，只怕丟定了。」

鐵虎嘟喃道：「這樣未嘗不是一種解脫。」

龍飛淡然一笑，道：「鐵兄始終是那種觀念。」

鐵虎說道：「要改變我的觀念也不困難——只要找出證據，證明他並非殺人滅口。」

龍飛嘆息道：「我實在想不出他有什麼理由這樣做。」

鐵虎道：「你又不是他肚子裡的蛔蟲，又怎會知道他的心事？」

龍飛道：「這樣做對他實在也沒有好處。」

鐵虎道：「若是你能夠看得出來，就不是好處的了。」

龍飛一再嘆息，道：「憑他的武功，如果真的與蕭立有仇，盡可以找蕭立當面解決。」

鐵虎說道：「或者他知道並非蕭立之敵。」

龍飛道：「縱然如此，也沒有理由遷怒了蕭立的兒子。」

鐵虎道：「焉知他與蕭立之間結下了什麼仇怨。」

龍飛沉默了下去。

蕭立與丁鶴之間，由親密變成生疏，甚至於不相往來，是鐵一般的事實。

白仙君三年前死亡，蕭立甚至也不通知丁鶴一聲，這也是事實。

從種種跡象看來，兩人之間的友情，毫無疑問，早已終結。

一雙曾經出生入死，聯袂闖盪江湖的朋友變成這樣，當然不會沒有原因。

到底是什麼原因？

龍飛雖然不知道，但也想得到，其中一定發生了一件很嚴重的事情，兩人之一的所為勢必令對方很反感，很憤怒，乃至於不惜斷絕來往。

錯在蕭立抑或丁鶴？

主動與丁鶴疏遠的顯然就是蕭立，莫非就錯在丁鶴？

丁鶴到底做出了什麼對不起蕭立的事情？

——白仙君！是否因為白仙君？

龍飛忽然想到白仙君，一種很奇怪的念頭連隨在他的腦海中浮上來。

——不成丁鶴師叔竟染指那位生死之交的妻子？

——丁鶴師叔怎會是這種人？

龍飛卻又想不出第二個更為合理的原因。

事實，的確是有這種跡象。

龍飛從來都沒有現在這樣傷腦筋。

鐵虎也發覺他神態有異，盯穩了龍飛，似乎想從他的神態瞧出龍飛的心意。

他當然瞧不出來。

因為他雖然辦案經驗豐富，明察秋毫，並沒有一雙魔眼。

龍飛卻沒有在意。

在這片刻裡，他的心目中根本沒有鐵虎這個人的存在。

他忽然苦笑了一下。

鐵虎立即道：「看來你也不是完全不知情。」

龍飛道：「不知道還好。」

鐵虎追問道：「你到底知道什麼？」

龍飛道：「現在還不是說的時候。」

鐵虎瞪眼道：「你知否知情不報，是什麼罪名？」

龍飛拂手道：「少在我面前來這一套吧。」

鐵虎道：「你不說我其實也沒有辦法，總不成打你八十大板。」

龍飛道：「事實上我知道得並不多，也仍未想通。」

鐵虎道：「說出來聽聽，或者我想得通。」

龍飛道：「在未能夠確實之前，這件事我還是暫時保留。」

鐵虎道：「什麼時候你也變成這樣子婆媽。」

龍飛道：「這關係兩個人的名譽。」

鐵虎仍不肯罷休，道：「我又不是什麼人，而且你又不是不知道我的個性，我這個人的嘴巴向來很密。」

人？」

龍飛搖頭道：「如果是事實，我定會說的，你心急什麼？」

鐵虎頓足道：「真拿你沒有辦法。」

龍飛目光一轉，說道：「現在我們應該先弄清楚，倒在地上這個人到底是什麼

鐵虎一怔道：「我險些忘了這一件事。」

他連隨蹲下身子，仔細的打量起那個人來。

慘綠的臉龐，恐怖的蛇鱗。

鐵虎打了一個寒噤，道：「人怎會這樣子？」

龍飛道：「戴上面具手套就會這樣子了。」

他亦蹲下了身子。

鐵虎詫異道：「你怎知道他是戴上了面具手套？」

這個人的疑問實在重。

龍飛嘆息道：「我只是懷疑而已。」

鐵虎也知道自己實在疑心重了些，苦笑道：「你也莫怪我，天生我就是這樣多

疑。」

龍飛道：「所以你不做捕吏，實在是那一行的損失。」

鐵虎道：「幸好我就是幹那一行。」

龍飛目光轉回那個怪人的面上，道：「到底是不是面具手套，立即就會知道了。」

他一雙手連隨落在那個怪人的面上。

鐵虎看在眼內，道：「我現在實在有些佩服你了。」

語聲未落，龍飛已將怪人那張滿佈蛇鱗，慘綠色的臉龐緩緩的揭起來。

鐵虎看著興奮的嚷道：「果然是一張面具。」

龍飛那剎那卻如遭雷殛，整個人呆住在那裡，目光亦凝結，眼瞳中充滿疑惑。

那張怪臉之下確實是另有一張臉龐。

不是慘綠色，也沒有蛇鱗，完全是一張正常人的臉龐。

這張臉龐在他絕不陌生。

他認識這個人！

這個人不是別人，就是司馬怒。

「快刀」司馬怒！

十六　謎

秋風吹入了書齋。

秋後雖然就冬來，但這個時候的秋風並不冷。

龍飛給這陣風一吹，卻由心寒了出來，混身的血液也彷彿在凝結！

——怎會是司馬怒？

龍飛實在奇怪之極。

鐵虎連隨拿起了司馬怒的左手，將衣袖捲起來。

鱗片只長到腕上三寸。

鐵虎手一揭一剝，就剝下了一隻手套來，他更加興奮，連聲道：「假的，都是假的。」

龍飛不作聲。

那隻手套與那頭面具一樣，很精緻，很柔軟，緊貼著原來肌膚，即使是近在咫尺，也不容易瞧出來。

鐵虎反覆細看了幾遍，才將那隻手套放下，轉將那張面具拿起來，亦細看了幾遍。

然後他嘆了一口氣，道：「巧奪天工，不知又是出自那位名匠之手。」

龍飛仍然默不作聲，始終盯著司馬怒的臉龐，彷彿要瞧進司馬怒的腦海深處，找出他真正的意圖來。

他當然也瞧不出來。

因為他同樣也沒有一雙魔眼。

司馬怒雙目圓睜，似乎死不甘心，但眼神呆滯之極。

死人的眼神也根本就沒有所謂呆滯不呆滯的了。

他非獨眼神呆滯，面容亦呆板之極，既沒有痛苦，也沒有任何表情，簡直像白痴一樣。

莫非他就是白痴一樣，木然瞪著丁鶴那一劍刺入自己的咽喉，就像蕭若愚在義莊那兒由得龍飛將他的穴道封閉？

蕭若愚毫無疑問是一個白痴。

司馬怒卻毫無疑問絕對不是。

可是這白痴一樣的眼神，白痴一樣的面容，又能夠告訴龍飛什麼？

這時候的龍飛，亦有若白痴一樣了。

◇

風吹蕭索。

龍飛陷入沉思之中。

鐵虎終於察覺到了，脫口喚道：「龍兄。」

龍飛沒有反應。

鐵虎振亢呼道：「龍兄。」

他平日打慣了官腔，嗓門當然是不小，振亢一呼，簡直有若半空響了一個悶雷。

龍飛彷如夢中驚醒，失聲道：「什麼事？」

鐵虎道：「我正要問你到底發生了什麼。」

龍飛嘆了一口氣，搖搖頭道：「沒有事。」

鐵虎道：「方才你就像見鬼一樣，倒給我嚇了一跳。」

龍飛嘆氣道：「事情確是越來越複雜了。」

鐵虎心念一動，道：「你莫非認識這個人？」

龍飛點頭。

鐵虎道：「他是誰？」

龍飛道：「司馬怒。」

「快刀司馬怒？」

「正是。」

「怪不得凌空一刀，飛取蕭若愚首級，如此凌厲，如此準確。」

龍飛又沉默了下去。

鐵虎喟然接道：「快刀奪魄，果然名不虛傳。」

龍飛淡然一笑！

鐵虎忽然省起了一件事，道：「聽說他約了你在斷腸坡決鬥？」

「這是事實。」龍飛反問道：「你也知道這件事？」

鐵虎道：「那是江湖上的朋友，傳來的消息。」

一頓接著道：「卻是不知道正確的日期。」

龍飛道：「在前天。」

鐵虎道：「他可有依約前去？」

龍飛道：「有。」

「結果如何？」

「我倖勝他半招。」

「你小子就是謙虛，依我看，你準是將他打得落荒而逃。」

「落荒而逃的是我。」

「這必是他不服輸，纏著你拚命，你既不想殺他，又不想令他太難堪。」

鐵虎這個人的腦筋有時候就是如此靈活。

龍飛淡然一笑。

鐵虎連隨就一呆，道：「這真是奇哉怪也。」

龍飛道：「他沒有理由跟我那位師叔合作的，是不是？」

鐵虎說道：「這在他也許認為是兩回事。」

龍飛道：「這件事你也許想得通，我就想不通了。」

鐵虎苦笑。

現在他何曾不是腦袋之內塞了幾斤砂一樣，一竅不通。

龍飛又嘆了一口氣，手落在司馬怒雙眼的眼蓋之上，一抹，將司馬怒的眼蓋抹下來！

也就在那剎那之間，他整個身子猛一震。

然後他就像獵犬一樣，鼻子不停的抽動起來！

鐵虎看見奇怪，問道：「你在嗅什麼呢？」

龍飛沒有作聲，鼻子幾乎觸及司馬怒的衣衫。

鐵虎一個鼻子不由也抽動起來。

他嗅了一會，除了血腥味，並沒有嗅到什麼。

龍飛即時目光一轉，道：「你嗅到了什麼？」

鐵虎道：「血腥味。」

龍飛道：「此外呢？」

鐵虎道：「沒有了。」

龍飛道：「嗯。」

鐵虎道：「除了血腥味，難道你還嗅到了什麼？」

龍飛搖頭。

鐵虎道：「這是說，我的鼻子並沒有問題。」

龍飛道：「我們的鼻子都沒有問題，有問題的只是司馬怒。」

鐵虎不明白。

龍飛突然斬釘截鐵的道：「司馬怒並不是殺蕭若愚的人。」

鐵虎更奇怪，道：「你莫非是說，他並不是我們方才追拿的那個紅衣人？」

龍飛道：「應該不是。」

鐵虎一怔，道：「應該？你又憑什麼這樣肯定他不是？」

龍飛緩緩的站起身子。

鐵虎跟著站起來，一雙眼睛一瞬也不瞬的盯在龍飛面上！

龍飛眼望窗外忽問道：「那個紅衣人是怎樣出現的？」

鐵虎道：「他藏身那尊水月觀音的木像內，突然震碎木像飛出來殺人。」

龍飛又問道：「那尊木像你可知是用什麼木材雕刻出來？」

鐵虎不假思索，道：「檀木。」

蕭立已跟他說過在早上發生的怪事，所以在安置好蕭若愚之後，他除了檢驗蕭玉郎的屍體外，也曾走到尊木像的面前，仔細檢驗了一遍。

若非是別人的屋子，他當時說不定就會將那尊木像搬下來，研究一下那條黑蜥蜴如何藏在木像的口內。

也可惜他沒有這樣做，否則他必定發現有人藏身在木像內。

卻也幸虧他沒有那樣做，否則必定第一個死在刀下。

◇◇◇◇

「檀木」兩個字出口，鐵虎就一怔。

龍飛盯著他，道：「你現在總該明白的了。」

鐵虎點頭，道：「一個人藏在檀木中那麼久，衣衫與身上總該有些檀木的氣味才對。」

龍飛道：「我們在司馬怒的身上卻嗅不到檀香的氣味。」

「不錯不錯。」鐵虎忽然笑道：「我明白了。」

他又明白了什麼？

龍飛盯穩了鐵虎！

鐵虎旋即打了一個哈哈，道：「好一條連環計，丁鶴呀丁鶴，你也可謂老謀深算了。」

這一次輪到龍飛怔住。

鐵虎笑接道：「殺人的是丁鶴，不是司馬怒。」

龍飛道：「哦？」

鐵虎道：「丁鶴知道你我都在那邊，恐防一時間擺脫不了，所以預先安排司馬怒這個人，穿著相同的衣服，準備必要時由司馬怒引開我們的注意，好教他從容開脫。」

龍飛嘆了一口氣。

鐵虎還有話：「及至他發覺我們都追他不到，心念又一轉，索性來一個殺人滅口，也藉此嫁禍於司馬怒，誰知道弄巧反拙，一個不小心，自己也挨了一刀。」

龍飛又嘆了一口氣，道：「你想清楚再跟我說。」

鐵虎一呆。

龍飛嘆著氣接道：「時間不配合，是一個問題，醉酒也是一個問題，你若是仍然有懷疑，不妨過去嗅嗅丁鶴的身上是否有檀木氣味。」

鐵虎真的走過去嗅嗅。

嗅得很仔細。

到他將頭抬起來，神情已有如傻瓜一樣。

龍飛笑問道：「嗅到了檀木氣味沒有呢？」

鐵虎搖頭苦笑，道：「我現在真的給這件事弄糊塗了。」

龍飛的笑也是苦笑，道：「糊塗的並不是你一個人。」

鐵虎忽然道：「小龍，你一向是一個聰明人。」

龍飛道：「你一向也是的。」

鐵虎道：「比你仍然差一籌。」

龍飛奇怪道：「什麼時候你變得這樣謙虛了？」

鐵虎道：「現在。」

龍飛道：「你就是不謙虛，這件事我也是不會就這樣罷手，繼續傷腦筋，窮追究竟的。」

鐵虎嘆息道：「我從來都沒有遇到這麼奇怪的事情。」

龍飛道：「你以為我就不是。」

鐵虎只有嘆息。

龍飛又呆在那裡。

——司馬怒怎會在這裡出現？

——他若非同謀，怎會穿上這種紅衣服？怎會戴上那張面具？那對手套？

——為什麼他要刀斬丁鶴，莫非就真如鐵虎所說，是丁鶴拔劍殺他滅口在先，他臨死反斬丁鶴一刀，丁鶴一個不留神，又醉酒之下，以至司馬怒仍然有反擊的餘力，傷在司馬怒刀下？

——司馬怒狂呼丁鶴殺人滅口，難道就真的一如所說？

——丁鶴又為何那樣做？

——若是以檀木氣味為憑，殺人的就既非司馬怒，也非丁鶴，難道還有第三者嗎？

——這個第三者又是誰？

——莫非藏身木像之中，不一定染有檀木氣味？

連這一點龍飛都已不敢肯定了。

謎！
不可解的謎！

十七 地道

秋風仍然是那麼蕭索。

龍飛心頭的寒意更加重了。

他仔細的將這兩天發生的事情重新思量了一遍又一遍。

可是一些結果也沒有。

鐵虎呆呆的在旁邊望著龍飛，也在想，當然也同樣沒有結果！

他知道的事情本來就沒龍飛那麼多！

也不知過了多久，龍飛的眼睛才見轉動，目光落在書齋左側那扇屏風之上。

月夜，孤松，一鶴飛來。

一股難言的孤獨幽然從屏風上那幅畫散發出來。

丁鶴昨夜就是在這屏風之旁，幽靈般出現。

龍飛倏的舉步向那扇屏風走過去。

一個奇怪念頭在他腦海中浮現出來。

◇◇◇

屏風後什麼也沒有！

龍飛緩步踱了一個圈，忽然在屏風後面伏下，以劍柄敲擊地面。

一下又一下。

鐵虎已跟了過來，奇怪的望著龍飛。

他實在不明白！

忽然——

「空的。」龍飛一聲呻吟！

鐵虎脫口道：「你在說什麼？」

龍飛呻吟著道：「這下面是空的。」

鐵虎道：「有什麼關係？」

龍飛道：「下面可能有一條地道。」

「地道？」鐵虎一怔！

龍飛也不多說，一翻腕，劍尖向下刺落。

劍刺入一塊方磚正中，緩緩的深入，猛一快，一下子直沒入柄！

龍飛目光一閃，連隨拔劍，四塊方磚亦給他那支劍帶了起來。

那四塊方磚竟然是嵌在一塊木板上！

龍飛右手抽劍，左手捏住了木板的一角，將整塊木板揭起來。

下面是一個地洞，一行石階斜斜的往下伸展！

到底是通往什麼地方？

鐵虎只瞧得目定口呆。

龍飛即時放開捏著木板的手，道：「我們下去看看怎樣？」

鐵虎一愕道：「好。」

龍飛連隨移步踏下去！

堅實的石階，十二級，石階下是平地，一條地道向前伸展。

黑暗的地道，令人嗅來不舒服的泥土氣味，龍飛深深的吸了一口氣，劍在前，腳步接向前跨出兩步！

鐵虎後面亦步亦趨，忍不住問道：「這條地道到底通往什麼地方？」

龍飛心中已有數，卻沒有說出來，淡然道：「你就是這樣子心急。」

鐵虎問道：「到了盡頭就清楚，是不是？」

龍飛道：「還用問？」

鐵虎道：「你那些火摺子呢？」

話口未完，一個火摺子已在龍飛手中亮起來。

火光驅散了黑暗，照亮了地道。

那是一條完全用人工開出來的地道，四面都砌上完整的石塊，砌得非常整齊。

雖然並不怎樣寬闊，這條地道所化費的人力財力，可以肯定，也頗鉅大。

石壁上都長滿了厚厚的青苔，這條地道顯然已有相當日子。

每隔兩丈，石壁左右就交替嵌著一盞石燈座。

燈座中竟然還有燈油，卻已經完全變色。

鐵虎行走間，忍不住又問道：「是誰在這裡開了這條地道？」

龍飛道：「你怎麼問我？」

鐵虎苦笑！

龍飛腳步不停，步伐始終如一，心情卻越來越沉重。

一步比一步沉重。

◇

地道並不怎樣長，那個火摺子尚未燒盡，在他們的眼前又出現了一道石階！

一樣的石階，十二級。

龍飛拾級而上，左手一揮，熄了火摺子，接住往上一推。

依呀的一聲，給他推開了一道進口那道一樣的暗門。

四塊方磚，嵌在一塊木板之上，他們從這道暗門出來，就置身一座小樓之中。

精致的小樓，一切在他們，都絕不陌生。

這座小樓也就是蕭家莊那個荒廢的院子中的那座小樓！

也就是白仙君以前住的地方。

龍飛目光一轉，劍「叮」的入鞘，橫移兩步，在一張椅子坐下，呆若木雞。

鐵虎跟著從石級上來，看見這座小樓，立刻就笑開臉龐。

笑得很開心，就像突然發現家裡的老母雞突然生下了一顆大雞蛋。

而且還是金雞蛋。

他負手在樓中踱了兩圈，忍不住地打了兩個哈哈，說道：「原來如此，原來如此。」

龍飛卻只有嘆息！

他雖然已推測到地道的出口必然在這座小樓之內，可是仍存著一絲希望。

這一絲希望現在都已滅絕！

——昨夜突然出現的那個藍衣人就是丁鶴。

——那道暗門在他偷窺的那扇窗戶的另一側，在他的視線之外，所以丁鶴的出現，在他有突然的感覺。事實丁鶴並不會隱身，只是從地道出來。

——地道與那邊書齋相連，出口在那扇屏風之後，也所以丁鶴本來不在書齋之中，卻能夠突然幽靈一樣地出現在屏風之旁。

龍飛連隨又省起丁鶴昨夜一見白仙君，衝口而出的那句話。

——他們之間莫非……

龍飛心頭一陣刺痛。

丁鶴是他的師叔，是他未來的岳父，也是他有生以來除了授業恩師之外，最尊敬的長輩！他實在難以想像，丁鶴竟然會做出這種染指朋友妻子的事情。

這難道就是他們交惡的原因？

龍飛嘆息在心中！

——但，丁鶴為什麼昨夜到來？

——蕭玉郎何以作白仙君裝束？

——丁鶴那隻手指又斷在何人手下？

——那之後又發生什麼事情？

——黑蜥蜴的出現，到底是人為？抑或是在蕭立槍下那條蜥蜴的冤魂作祟？

龍飛忽然發覺，所有人都顯然有些失常！

蕭若愚雖然是個白痴也沒有例外！

司馬怒更就不在話下！

至於蕭玉郎男扮女裝，化成母親一樣與丁鶴相見，更就是接近瘋狂的舉動。

難道真的是那一條黑蜥蜴的冤魂在作祟？

龍飛不禁又有一種感覺！

感覺他也有些失常了。

鐵虎卻沒有這種感覺，又打了一個哈哈，道：「什麼黑蜥蜴作祟？完全是丁鶴在弄鬼。」

龍飛不置議。

鐵虎接道：「昨夜那些人突然失蹤，其實是由地道離開。」

他旋即問道：「你知否丁鶴為什麼要開設那條地道？」

龍飛沒有回答他！

鐵虎又說道：「你方才的話我現在總算明白了。」

龍飛道：「哦？」

鐵虎沉聲道：「那的確關係兩個人的名譽。」

龍飛嘆了一口氣。

鐵虎目光一掃，道：「這座小樓本來是白仙君居住的地方，在這座小樓底下，卻有一條地道與隔壁丁鶴的書齋相通，你說這暗示什麼？」

龍飛道：「以你看？」

鐵虎道：「丁鶴與白仙君之間可能有私情。」

龍飛並沒有分辯，因為其實他也在這樣懷疑。

鐵虎又嘟喃道：「蕭立並不是一個傻瓜。」

龍飛道：「事實也不像。」

鐵虎道：「紙包不住火，蕭立必是知道了，所以才日漸疏遠丁鶴。」

龍飛道：「似乎就是這樣了。」

鐵虎接道：「丁鶴卻念念不忘白仙君，由妒生恨，但又懾於蕭立追命三槍，不敢明來，至白仙君一死，一腔憤恨就落在蕭玉郎兄弟身上。」

龍飛道：「他應該找蕭立才合理。」

鐵虎道：「懦夫到底是懦夫，又豈敢面對現實。」

龍飛面色一沉，道：「蕭玉郎兄弟卻也是白仙君的兒子，愛屋及烏，他沒有理由下得了這種辣手。」

鐵虎道：「但除了如此，他還有什麼能夠打擊蕭立？」

他冷冷接道：「老年喪子，已經是人間慘事，何況一死就兩個，你也看到了，蕭立不是已傷心欲絕？」

龍飛無言！

鐵虎道：「還有什麼報復毒辣過這種報復？」

龍飛一聲嘆息！

鐵虎又說道：「無毒不丈夫，好一個丁鶴，也虧他做得出來。」

龍飛嘆息道：「以我師叔的武功，要殺蕭立也許還不成，但殺蕭玉郎這兩兄弟，應該是遊刃有餘。」

鐵虎道：「應該是。」

龍飛道：「如此又何須裝神扮鬼？」

鐵虎道：「他裝神扮鬼，目的並非在殺蕭玉郎兄弟這麼簡單，乃藉此崩潰蕭立的精神，以便一劍勾掉蕭立的魂魄。」

龍飛嘆息道：「這也有道理。」

鐵虎道：「他惟恐仍然對付不了蕭立，找來司馬怒這個助手。」

龍飛道：「司馬怒與我……」

鐵虎截口道：「你是你，丁鶴是丁鶴，在司馬怒來說，這是兩件事情。」

龍飛道：「司馬怒好歹也是一條漢子，怎肯應承他做這種事？」

鐵虎道：「他當然有辦法打動司馬怒的心，譬如用珠寶，甚至用他的女兒。」

龍飛苦笑道：「他已給你越說越卑鄙了。」

鐵虎正色道：「一個謀人妻，殺人子的人，還有什麼手段使不出？」

龍飛道：「那沒有理由招惹到我頭上來。」

鐵虎道：「你與那輛馬車的相遇也許只是偶然。」

龍飛道：「還有呢？」

鐵虎道：「藉你證明，這只是蜥蜴作祟。」

他連隨又問道：「他是你的師叔是不是？」

龍飛道：「確實是。」

鐵虎又問道：「你本來相信他這個人是頂天立地，絕不會做出那種事情的是不是？」

龍飛點頭。

鐵虎道：「所以如有人懷疑到他身上，你就一定會挺身而出，替他證明那只是黑蜥蜴作怪，與他沒有關係的是不是？」

龍飛只有點頭。

鐵虎拍案道：「這就是了，你還不明白。」

龍飛搖頭苦笑道：「仍然不明白。」

鐵虎嘆了一口氣，道：「告訴我，除了蕭立之外，除了他，還有誰知道蕭立曾經刺死一條黑蜥蜴？」

龍飛道：「相信沒有了。」

鐵虎道：「這應該明白了吧？」

龍飛亦自嘆了一口氣。

鐵虎還有話：「以你看，蕭立可像一個瘋子？」

「不像。」

「虎毒不食子，蕭立既不是瘋子，怎會殺掉自己的兩個兒子呢？」

「嗯！」

「既不是蕭立，那就是丁鶴，很簡單，是不是？」

「那也許真的是蜥蜴作祟。」龍飛竟然說出這句話。

這句話出口，就連龍飛自己也一呆。

鐵虎也一呆，怪笑道：「你不是一向都不相信有所謂妖魔鬼怪的？」

龍飛道：「不相信不等於沒有。」

鐵虎大笑！

龍飛道：「最低限度有兩件事情，我們不能夠解釋。」

鐵虎道：「哪兩件？」

「一──」龍飛道：「蕭玉郎為什麼扮成他母親那樣在這兒與丁鶴見面？」

鐵虎摸摸下巴鬍子，一聲不發。

「二──」龍飛接說道：「那個木像何以會說話？」

鐵虎嘆息道：「你不會聽錯的吧？」

龍飛道：「何三──看守義莊那個件工也聽到。」

鐵虎又一聲嘆息，狠狠在下巴拔了根鬍子，罵著道：「這事怎麼這樣複雜？」

他方才平靜的腦海又波濤起來。

龍飛的思潮何嘗不是亂草一樣，他搖頭苦笑一下。道：「看來我們還是等華方到來。」

鐵虎道：「也許現在已到了。」

龍飛道：「走。」舉步向樓外走去。

鐵虎也只有舉步。

天色已經暗下來！

黃昏不遠。

十八　藥醫不死病

風更急。

雨忽然落下。

秋雨蕭索，秋意更濃。

風中也有了寒意。

轉出月洞門，一踏進前院，龍飛、鐵虎更有如墜進冰水之中。

四個捕快東斜西側的倒在花樹叢中。

龍飛掠前去，抓起其中一人一望，皺眉道：「是誰下的手？」

鐵虎急急追前道：「怎樣了？」

龍飛道：「被封了穴道！」手一翻一拍，先拍開手中那個捕快被封住的穴道，身形如飛一轉，將其餘三個捕快的穴道也都一一拍開。那四個捕快悠悠醒轉，全都露出了詫異之色。

鐵虎立即喝問道：「是誰封住你們的穴道？」

四個捕快好像這時才明白自己出了什麼事，卻全都搖頭。

鐵虎手指一指，道：「你說！」

被他指著的那個捕快搖頭道：「卑職也不知道發生了什麼事情，只覺眼前一花，便什麼也都不知道。」

鐵虎道：「人影也不見？」

四個捕快一齊搖頭。

鐵虎怒道：「飯桶！」

龍飛聽到這裡，身形一起，撲入大堂，鐵虎不暇再問，忙亦撲了進去。

大堂內也倒著四個捕快。

白三娘在八仙桌的旁邊，蕭若愚的人頭，沒有頭的屍體仍然在桌面上。

血已經停止外流，卻仍未凝結。

紫竺呢？

龍飛放目四顧，四顧不見紫竺，心裡一急，脫口呼道：「紫竺！紫竺！」

沒有回答。

龍飛身形飛閃，迅速在那四個捕快身旁掠過。

那四個捕快都是被封住了穴道。

龍飛一一將他們被封住的穴道拍開，連隨抓住了最後一人的肩膀，搖著道：「到底發生了什麼事？」

那個捕快給搖得昏頭昏腦，好不容易才恢復過來，卻反而問他道：「發生了什麼事？」

龍飛輕叱道：「是誰將你們穴道封住了？」

那個捕快一呆道：「穴道封住？我可不清楚。」

龍飛目光一掃，道：「你們都不見有他人進來？」

眾捕快盡皆搖頭。

龍飛又問道：「那你們都是聽到方才那些聲響進來的了？」

一個捕快道：「是！」

龍飛道：「後來可有什麼事發生？」

「沒有啊！」

另一個捕快接道：「我們輕功都不好，又恐怕另生變故，所以在頭兒與龍大俠追出之後，立即分成了兩批，一批在堂外，一批在堂內，緊守著現場。」

他們毫無疑問都是訓練有素的捕快。

龍飛道：「確是不見有他人進來？」

那個捕快道：「的確一個也不見。」

鐵虎一旁怒叱道：「連穴道都給封住了都不知？」

那個捕快臉一紅，道：「卑職的反應實在太過遲鈍。」

其他的捕快齊皆垂下頭來。

他們雖然受過嚴格的訓練，武功實在都不怎樣的高明。

鐵虎連連頓足道：「沒有用的東西。」

龍飛道：「怪不得他們。」

他連隨問道：「在你們失去知覺之前，那位姑娘怎樣了？」

一個捕快道：「她扶著那個老婦人在替她揉背！」

龍飛劍眉又深鎖。

鐵虎忽然道：「紫竺的武功如何？」

龍飛道：「也不錯。」

鐵虎道：「在你的所謂不錯，自然就遠在我這群手下之上了。」

龍飛沒有否認。

鐵虎道：「封住他們的穴道的也許就是她。」

龍飛苦笑道：「疑心又來了。」

鐵虎道：「父親是主謀，女兒是幫兇，是否也很合理？」

龍飛微喟道：「紫竺要離開，何須封住他們的穴道？」

鐵虎道：「但……」

龍飛道：「別但了，你那些手下根本阻擋不了紫竺離開，再說，他們也不會阻擋紫竺離開，況且，在他們失去知覺之前，仍然看見紫竺在替白三娘揉背。」

鐵虎道：「以你看……」

龍飛道：「必有第三者，也許就是那條黑蜥蜴的精靈化身。」

鐵虎道：「那麼說……」

龍飛擔心的道：「紫竺只怕給封住穴道，被擄去了。」

鐵虎道：「為什麼？」

龍飛搖頭道：「別再問我為什麼，我整個腦袋早已給這三個字塞滿了。」

「以你看，紫竺有沒有生命危險？」鐵虎不禁也擔心起來。

紫竺實在是一個很可愛的女孩子，誰也不會希望她遭受到任何的傷害。

龍飛聽得鐵虎那樣問，苦笑道：「希望沒有。」

鐵虎連隨回身振亢道：「孩子們聽著，立即分散去徹底搜索這幢莊院，看能否將那位姑娘找出來。」

眾捕快齊聲應諾，便要奔出去。

龍飛急呼道：「若是發現有什麼可疑之人，切勿走近去。」

鐵虎緊接吩咐道：「只可高聲嚷！」

眾捕快點頭退出。

龍飛目送眾捕快離開，吁了一口氣，緩緩道：「鐵兄你在這裡等候蕭立回來，小弟也四下搜索一遍！」

鐵虎明白龍飛的心情，道：「丁姑娘不是命薄之相，少擔心！」

龍飛苦笑道：「擔心也無用。」舉起了腳步。

才走出三步，莊門那邊突然傳來了一聲馬嘶，一騎快馬旋即奪門而入，闖了進來。馬鞍上坐著兩個人。

前面一個乃是相貌古怪的老頭兒，後面一個正是蕭立！

蕭立汗落淋漓，濕透衣衫，一手緊擁著那個老頭兒，一手揮鞭。

鞭落「劈拍」，叱喝連聲，健馬四蹄翻飛，箭矢也似奪過前院，衝上石階，直闖大堂。

龍飛一眼瞥見，偏身急閃。

快馬從他身旁衝過，旋即被蕭立硬硬的勒住，一聲長嘶，前蹄一奮一落，終於停下！

蕭立連隨抱著那個老頭兒滾鞍下馬，一聲「滾」，手一帶轠繩，鞭子脫手擲在馬臀上……

那匹馬負痛悲嘶，向堂外奔去。

蕭立老鷹抓小雞一樣，劈胸抓住那個怪老頭兒，手一指，道：「來，快替我醫好若愚。」

語聲一落，他整個人如遭電殛，怔在當場。

他的手指指向那張八仙桌之際，才發覺蕭若愚已身首異處。

一怔他突然撕心裂肺的一聲狂吼：「若愚！」

整座大堂都為之震動，那個怪老頭兒也彷彿為之震呆。

他卻居然還能夠開口說話，道：「你要我醫的就是桌子上這個人？」

蕭立沒有回答，整個身子倏的顫抖起來。

怪老頭接道：「這抱歉得很，藥醫不死病，這可是一個死人，我勸你，還是入黃泉找閻王爺談談吧。」

他非獨相貌古怪，語氣說話都是古里古怪。

蕭立一聽大怒，厲聲道：「住口！」反手將那個怪老頭擲向那邊牆邊。

鐵虎不由脫口一聲驚呼，以為那個怪老頭的一個腦袋必定開花了，誰知道那個怪老頭凌空忽然一個觔斗，竟然好好的站在那面牆壁前。

原來也是一個練家子。

鐵虎方吁過一口氣，蕭立已霹靂喝道：「誰殺死我的兒子？誰？」

龍飛急步上前說道：「老前輩且莫激動！」

蕭立目光一轉，盯著那龍飛道：「你告訴我，快快告訴我！」

龍飛立即告訴蕭立。

說話簡短而清楚。

蕭立一面聽身子一面在顫抖，龍飛才將話說完，他就盯著那個碎裂的木像狂笑了起來，突然嘶聲道：「仙君仙君，我待妳情至義盡，縱然妳不保佑我，也不應該不保佑妳的兒子，怎麼讓妖魔鬼怪，一個又一個，將妳的兒子殺死？」

語聲一落，他就衝前去，雙手捧起蕭若愚的頭顱痛哭起來。

悽厲的哭聲，悲慘的氣氛，剎那蘊斥著整個大堂。

男兒有淚不輕彈，只因未到傷心處。

一日間兩個兒子先後命喪，蕭立傷心欲絕，整個人顯然已經完全失去自制。

龍飛明白蕭立的心情，一時間也不知道應該如何說話。

鐵虎也明白，眼角竟不覺濕了。

那個怪老頭呆在一旁，他瞧了一會，忽然道：「這個人原來也有毛病。」

沒有人理會他。

怪老頭又道：「這個毛病似乎還不是我能夠醫得來。」

還是沒有人理會他。

怪老頭搖頭接道：「人既然死了，這裡自然沒有我的事，該走了。」

他真的舉步，一步才跨出，就給龍飛叫住：「且慢！」

怪老頭腳步一停，上下打量了龍飛一眼，道：「你不像有病，一些也不像。」

龍飛道：「老先生想必就是『妙手回春』華方華老先生了。」

怪老人點頭，道：「華方就是我。」

龍飛道：「聽老先生有方法化解冰魄散？」

華方道：「十年前我曾經醫過兩個中了冰魄散的人，第一個很傷腦筋，第二個就簡單了。」

龍飛道：「換句話，老先生已經能夠輕易將冰魄散化解了？」

華方道：「這豈非也就是你們找我到來的原因？」

龍飛道：「正就是。」

華方道：「可惜你們要我醫的人已經身首異處。」

龍飛道：「藥醫不死病。」

華方道：「莫非你們另外還有人又中了冰魄散？」

龍飛道：「不錯。」

也就在這個時候，蕭立忽然收住了哭聲，呼道：「龍飛！」

龍飛道：「晚輩在！」

蕭立一面淚痕，關心的問道：「紫竺真的是失蹤了……」

龍飛道：「相信就是了。」

蕭立搖頭嘆息道：「難道真的應了我那一句話，那條黑蜥蜴的冤魂連紫竺也不放過。」

龍飛道：「果真如此，還有天理？」

蕭立仰眼望天，眼淚又流下，喃喃自語道：「天理何在，孩子何辜！」

龍飛微喟道：「老前輩千萬要節哀順變。」

蕭立目光一落，忽問道：「你說誰又中了冰魄散？」

龍飛道：「是我的師叔。」

「丁鶴？」

「正是。」

「這是怎麼回事？」

「說來話長。」

「如此先救人，再說給我知。」蕭立一頓又道：「救人要緊。」

龍飛欠身道：「是。」

鐵虎旁邊忍不住一豎拇指，道：「好，好漢子，俺鐵虎交你這個朋友。」

蕭立奇怪的望著鐵虎。

龍飛即時說道：「前輩也請走一趟如何？」

蕭立問道：「人在哪裡？」

龍飛道：「在那邊書齋！」

蕭立沉吟了一會，微喟道：「還是你們先去好了，我這裡還要處置這兩個孩子的……」

他語不成聲，眼淚又流下。

龍飛連隨目注鐵虎道：「鐵兄與華老先生先走一步，我隨後就來。」

鐵虎望了一眼龍飛，道：「也好。」轉對華方道：「老先生，請！」

華方上下打量了鐵虎一眼，道：「你是做官的？」

鐵虎道：「是。」

華方道：「捕頭？」

鐵虎道：「老先生從何得知？」

「從你的衣飾。」

「哦？」

「高姓大名？」

「鐵虎。」

「聽過你的姓名，人說你是一個好捕頭，盡忠職守。」

「理當如此。」

「好，很好，請。」

鐵虎連隨在前面引路，臨行前又望龍飛一眼。

龍飛為何要他先走一步，顯然他已心中有數。

目送鐵虎和華方走出大堂，龍飛尚未開口，蕭立便已問道：「你是否有話跟我說？」

龍飛點頭道：「晚輩有件事的確想請教前輩你。」

蕭立道：「說好了。」

龍飛道：「前輩為什麼與我那丁師叔疏遠，不相往來？」

蕭立一怔，道：「不提也罷。」

龍飛道：「前輩一向爽快，何以此事獨例外？」

蕭立道：「告訴你，對你並沒有什麼好處。」

龍飛道：「晚輩不在乎。」

蕭立說道：「你這個人的好奇心太重了。」

龍飛道：「嗯。」

蕭立沉吟了一下，說道：「你還是走吧！」

龍飛道：「這件事，我始終要弄清楚的。」

蕭立皺眉道：「一個人太過固執，並不是一件好事。」

龍飛道：「也不是一件壞事。」

蕭立嘆了一口氣。

龍飛接說道：「前輩，以你的直爽，有話不說是不好過啊！」

蕭立道：「唔！」

龍飛道：「骨鯁在喉，不吐不快，話也是一樣。」

蕭立不覺點頭。

龍飛立即道：「晚輩在洗耳恭聽。」

蕭立道：「這並非一件好聽的事。」

龍飛道：「晚輩心中已有數。」

蕭立又沉吟了一會，終於道：「我疏遠丁鶴是因為……」

欲言又止。

龍飛迫不及待追問：「因為什麼？」

蕭立面上掠過一絲痛苦之色，道：「我發覺他與我的妻子做了對不起我的事情來。」

龍飛雖然已意料之中，但聽到蕭立這樣說，仍不由心頭一沉。

蕭立深深的吸了一口氣，道：「若是別人，我槍下定不留情，但他是我的朋友，好朋友，曾經出生入死的老朋友，叫我怎樣下得了手。」

他沉痛的接下去：「幾十年的交情，幾十年的老朋友，儘管他怎樣對不起我，不將我當做朋友看待，是他的事情，我蕭某人絕不會當他仇敵一槍刺殺，當自己有眼無珠，看錯了人，當自己從來沒有認識過這個人，算了。」

龍飛的心頭更沉重。

蕭立道：「我就是因此才與他不相往來。」

龍飛道：「前輩會不會誤會？」

蕭立搖頭道：「不錯，我為人魯莽，但這事情非同小可，若非已確實，我是絕不會下此決定。」

龍飛嘆了一口氣。

蕭立道：「我知道你心中仍然有所懷疑，正如我當時一樣，怎也不相信丁鶴竟會是一個那樣子的人。」

龍飛道：「看來的確是不像。」

蕭立搖頭嘆息道：「知人知面不知心呀。」

龍飛無言。

蕭立道：「你還要知道什麼？」

龍飛搖頭，道：「晚輩……」

蕭立道：「我知道你心裡很難過。」

龍飛垂首道：「晚輩還是告辭了。」

蕭立道：「好，你走吧。」

龍飛道：「老前輩尚請節哀順變。」

蕭立淒然一笑，道：「不必多說。」轉過身去。

龍飛黯然倒退了出去。

◇

雨仍然在下。

龍飛步出了大堂，心頭上有如壓了一塊巨石。

鐵虎、華方竟然並沒有去遠，就在院子中等候，這當然是鐵虎的主意。

目注龍飛走過來，走近來，鐵虎一句話也沒有問。

鑑貌辨色，鐵虎不問也想知了。

三個人默默的向丁家走去。

◇◇◇

丁鶴仍然在書齋那張筆榻之上，動也不動，肌膚更蒼白。

華方這才一看，就說道：「冰魄散，不錯就是冰魄散。」

龍飛沉聲道：「以老先生看，有沒有生望？」

華方不立即回答，只在竹榻旁邊坐下，伸出鳥爪一樣的雙手，在丁鶴的身上遊移了一遍，才說道：「有。」

龍飛似喜還憂，道：「有賴老先生的一雙妙手。」

華方說道：「還需一劑妙藥，一把妙針！」

龍飛道：「是！」

華方忽然上上下下的打量了龍飛一遍：「積憂成疾，放開心胸的好。」

龍飛道：「嗯。」

華方道：「憂慮絕不是解決問題的方法。」

龍飛欠身道：「晚輩明白了。」

華方目光轉向丁鶴的腰背，道：「冰魄散已入血肉，幸虧我來得還是時候。」

他連隨吩咐龍飛：「你替我先脫下病人的衣服。」

龍飛立即上前，鐵虎亦自過來幫上一手。

兩人很快就脫下丁鶴身上那襲紅衣。

華方即時道：「內衣也脫下。」

龍飛應聲將丁鶴的內衣拉起來。

才脫到一半，他的動作突然停頓，目光亦凝結。

凝結在丁鶴的左肩上。

在丁鶴後背接近左肩頭的地方，赫然斜伏著一條寸許長的蜥蜴。

鐵虎亦發現了，脫口道：「黑蜥蜴。」

華方奇怪道：「這不過一顆黑痣，你們大驚小怪的幹什麼？」

龍飛沒有作聲，只是盯穩了那條黑蜥蜴。

那不錯是一顆黑痣，大小，形狀，位置與蕭玉郎身後的那一顆卻竟相同。

龍飛是因此驚訝。

華方卻不知道那許多，催促道：「不要病人的命了？還不快快脫下來。」

龍飛如夢初覺，忙將丁鶴那件外衣脫下。

這瞬間他的神情變得很特別。鐵虎看在眼內大感詫異，瞪著龍飛。

龍飛的嘴巴卻閉得緊緊，一些也沒有要說話的跡象。

華方並沒有理會，從背後解下一個木箱。

不大不小的木箱，裡面大大小小的放了好些瓶子，顏色繽紛，藥香撲鼻。

華方從箱旁取出了一個小小的包裹，打開來，裡面是一把長短不一，但卻極之幼細的金針。

這個老頭兒看樣子似乎真的有幾下。藥醫不死病。

丁鶴既然還未死，應該有希望醒轉了。

何時才醒轉？

十九　眞相

夜已深。

書齋之內燃起了燈火。

藥已煎敷在傷口之上，金針亦已度進了穴道一遍，丁鶴仍然還未醒轉，但是肌膚已沒有先前那麼蒼白。

華方已離開書齋，由丁鶴引去客房休息。

書齋外面的走廊燒著一壺藥，兩個捕快守候在旁邊。其餘六個捕快仍留在那邊蕭家莊。

他們已搜遍各處，找不到紫竺。

整個鳳凰鎮也沒有人看見紫竺，她就像已經在人間消失，已經不存在人間。

龍飛親自外出找尋了一遍。

得到的只是失望。

◇◇◇◇

司馬怒的屍體亦已被搬到走廊之上。

對於他，華方只瞧了一眼，更沒有理會。

他不懂得生死人，肉白骨，所以他絕不會在死人身上浪費時間。

◇◇◇◇

藥香隨風吹進了書齋。

龍飛、鐵虎沐在藥香中，神態都顯得有些疲倦，鐵虎更顯著。

他們對坐在竹榻之旁。

竹榻上的丁鶴仍然赤裸著身子，這是華方的吩咐。

龍飛方回來，衣衫盡濕，而且不停的滴水，一坐下，目光又落在丁鶴左肩背那顆黑痣上。

燈光照耀下，那顆黑痣有如一條活生生的黑蜥蜴，彷彿隨時都會爬出來，又彷佛在吞噬丁鶴的肌肉，丁鶴的魂魄。

鐵虎都看在眼內，他早已想問龍飛，一直都沒有機會。

現在是機會了。

但他的口方張開，龍飛已揮手阻止，道：「鐵兄，我知道你要問我什麼。」

鐵虎道：「這最好不過，未知……」

龍飛再截道：「如果你不厭累贅，無妨聽我再復述一次這兩天發生的事情。」

鐵虎道：「似乎你昨天說的並不很詳細。」

龍飛點頭道：「時間是一個問題。」

鐵虎道：「現在有足夠的時間了？」

龍飛道：「你聽過之後，有很多事情根本無須再問我。」

鐵虎道：「我會留意聽好了。」

◇◇

這一次，龍飛說得很詳細，紫竺赤裸相對一節，在整件事情來說，並沒有任何影響。

鐵虎有生以來從未聽過這樣詫異，這樣恐怖，這樣複雜的事情。

他雖然約略已聽過一次，但再次聽來，仍然被深深吸引。

到龍飛將話說完，他竟然彷彿不知，猶自怔怔的望著龍飛。

「就是這樣了。」龍飛以這句話來結果。

鐵虎這會子，才如夢方醒，吁了一口氣，重複道：「就是這樣了？」

龍飛道：「嗯。」

鐵虎目光轉落在丁鶴那顆黑痣之上，道：「蕭玉郎的背後，也有一顆這樣的黑痣？」

龍飛道：「位置，形狀，大小，簡直就完全一樣。」

鐵虎嘟喃道：「難道真的是蜥蜴的作祟？」

龍飛嘆了一口氣！

他這一口氣嘆來顯得有些無可奈何，又好像另有深意。

鐵虎居然聽得出，道：「龍兄有話只管說。」

龍飛道：「這件事雖然如此複雜詫異，但細心一想，也不是全無頭緒。」

鐵虎道：「我已經想得夠細心的了，現在仍然是一堆亂草也似。」

龍飛道：「這因為你亦已入局，被事情迷惑。」

鐵虎苦笑道：「你難道是局外人？」

「相反，」龍飛道：「你知道我方才去了哪裡？」

鐵虎道：「我正要問你，外面下的雨並不大，你怎樣像落湯雞一樣？」

龍飛道：「因為我和衣坐在溪流中，整整已浸了半個時辰。」

鐵虎一呆道：「你腦袋不是有毛病的吧？」

龍飛道：「就是因為有毛病，才浸在水裡。」

鐵虎又一呆。

龍飛道：「你也有。」

鐵虎道：「別說笑。」

龍飛道：「我浸在冷水之中半個時辰，腦袋才完全清醒。」

鐵虎總算明白了。

龍飛接說道：「然後我細心分析整件事，大膽的做了幾個假設。」

鐵虎道：「說下去。」

龍飛徐徐說道：「第一個假設，那一個怪人在途中與我相遇絕非偶然，乃是有意！」

「目的何在？」

「引起我的好奇心，追下去。」

「問題來了。」

「你是否指那個木像能夠說話？」

「正是。」

「我最初懷疑那副棺材有兩重，有人藏在棺材的底層說話，但細心一想，又不像。」

「事實那副棺材並沒有兩重，在義莊那邊，我已經仔細檢查過了。」

「你跟我說過了。」

「那麼木像的能夠說話，你又如何解釋？」

「你有沒有聽過有所謂『腹語』？」

「腹語？」

「也即是以肚子來說話。」

「這個我聽過，也見過一個能夠腹語的人。」

「木像的說話，其實就是那個怪人在作腹語，所以才那麼怪異，有些兒不像人聲。」

「有道理。」

「結果我追下去。」

「主要我看還是因為那尊木像的相貌與丁姑娘一樣。」

龍飛並沒有否認，點頭道：「這也就是那尊木像之所以出現的主要目的。」

「既非偶然，那輛馬車就是有意在楓林等候你了？」

「不錯。」

「可是那個怪人怎知道你那個時候必經那個地方？」

「這一次我乃是專誠到來鳳凰鎮拜候師叔，商量一下我與紫竺的婚事，在來之前，我曾經寫了一封信，托人先行送來這兒。」

「給誰？」

「紫竺。」

「信中寫了些什麼？」

「我何時可至。」

「問題莫非就出在那封信之上？」

「紫竺並沒有收到那封信。」

「你懷疑那封信就落在怪人的……」

龍飛斷然道：「所以他知道我當日必經過那片楓林。」

鐵虎道：「然則你是認為他有意引你到蕭家莊後院？」

「毫無疑問。」

「何以見得？」

「我一路策馬狂追，始終都追不上，但始終都能夠保持一定的距離。」

「哦？」

「當時我那匹坐騎已經非常疲倦，越跑越慢，可是那輛車也相應慢了下去。」

「也許那拖車的兩匹馬亦已經非常疲倦。」

「以我看，要將我拋下，卻是容易得很。」

「也許那個怪人以為他已經將你拋下了。」

「那麼距離始終不變又如何解釋？」

「世間上的事情，有時就是這樣巧。」

龍飛嘆了一口氣。

鐵虎笑接道：「那個怪人也許真的有意引你到蕭家莊，卻又為什麼？」

「讓我看看小樓那兒發生的種種怪事。」龍飛沉吟道：「雖然已入夜，我的行動毫無疑問仍然在他的監視之下。」

「這是說他的耳目非常靈敏。」

「他的武功也絕不在我之下，否則也不能將我迫下馬車，以馬鞭擊下了我的飛環。」

「有道理，有道理。」

「也所以，我一踏進那個莊院，怪事就適時發生。」

「水月觀音的出現……」

「乃是在三聲貓叫之後，那三聲貓叫異常恐怖。」

「貓叫聲本來就恐怖得很，尤其是在靜夜中聽來……」

「那三聲貓叫我卻懷疑是人為。」

「小樓中不是有一隻黑貓？」

「那隻大黑貓的叫聲顯然就沒有那麼響亮淒厲。」

鐵虎笑道：「你的疑心比我還重。」

龍飛沉聲接著道：「貓叫聲其實是暗號。」

「暗號？」

「那個水月觀音出來。」

「貓叫聲是暗號，琴聲又是不是？」

「是！」

「又是什麼暗號？」

「暗示我師叔從地道過來。」

「哦？」

龍飛嘆息道：「所以我師叔在琴聲停下後不久，就在小樓中出現。」

鐵虎道：「那個藍衣人你肯定就是你師叔？」

龍飛嘆息點頭。

鐵虎目光一閃，道：「如此……」

龍飛道：「我師叔與白仙君之間顯然，顯然……」

他一連說了兩個顯然，仍然說不下去。

鐵虎明白龍飛的心情，道：「有些話你不必直說的。」

龍飛點頭，接道：「那無疑是很久以前的事情。」

鐵虎道：「最低限度白仙君也已死了三年。」

龍飛道：「我師叔卻一直不知道，也所以有『想死我了』那種話。」

鐵虎「唔」一聲。

龍飛道：「然後那個『白仙君』尖叫起來，白煙在樓中瀰漫。」

鐵虎道：「以你推測，其中發生了什麼事情？」

龍飛道：「那位『白仙君』尖叫聲中，拔出利器刺向我師叔，削斷了他的一隻手指，他在驚惶之下，急忙從地道逃了回去。」

鐵虎道：「丁鶴的武功……」

龍飛道：「他雖然武功高強，但無論如何，怎也想不到『白仙君』竟然會在不動聲息中，動兵刃去刺他！」

鐵虎道：「可是他應該問一問究竟才是。」

龍飛道：「那個時候第三者已經出現了。」

鐵虎道：「你說過聽到有第三者的笑聲。」

龍飛道：「那個什麼人也好，我師叔當然也會倉皇離開。」

鐵虎點點頭道：「畢竟作賊心虛。」

龍飛心中一痛。

鐵虎接道：「白煙散後，那些人以及木像屏風的消失，相信也是利用那條地道了。」

龍飛目光一閃，沒有作聲。

這剎那之間，他似乎又有所發現。

鐵虎轉問道：「那個『白仙君』當然也就是蕭玉郎所化裝？」

龍飛道：「嗯。」

「你說他為什麼化裝成他母親那樣子？」

「這也許並非他的主意。」

「哦？」

「以我看，他甚至不由自主。」

鐵虎更奇怪。

龍飛的語聲更低沉，道：「天竺有一種叫做『攝心術』的武功心法。」

鐵虎道：「我聽說過，怎麼，難道你也……」

龍飛道：「我懷疑蕭玉郎乃是中了攝心術，心神完全被那個怪人控制，一切的作為其實都是那個怪人的主意。」

鐵虎沉吟了一會，說道：「那麼他的死……」

龍飛道：「他心神既然被那個怪人控制，自殺被殺都沒有分別了。」

「那個怪人為何要……」

「再沒有利用價值的東西留下來幹什麼？給我們查詢？」龍飛一頓道：「蕭玉郎心神儘管完全被控制，在未被控制之前，仍然是有記憶的。」

鐵虎點頭道：「殺了他，再利用二愣子送回來，也虧他想得出來。」

龍飛道：「這件事也因此就更加詭異了。」

鐵虎道：「那麼蜥蜴從蕭玉郎的口中爬出來，在白仙君那尊木像的口中出現，這些也都是人為的了？」

龍飛道：「也都是。」

鐵虎道：「然則你以為這個又是誰？司馬怒？」

龍飛道：「司馬怒只是一個傀儡。」

鐵虎笑笑，道：「好像司馬怒這一種人……」

龍飛道：「我看他也是被攝心術所制了。」

「他與你的決鬥斷腸坡……」

「當時他是正常的。」

「你是說他來到這裡之後才……」

「應該是。」

「他無端走來這裡幹什麼？」

「找我。」

「何故？」

「伺機給我一刀！」龍飛皺眉道：「在離開斷腸坡的時候，我看他已有不肯罷休之意。」

「那索性合作就是，何苦又多此一舉？」

「那個怪人這一次的所為，並不是為了我，再說，司馬怒那種人，是不會與人合作的，以我推測，他必是追躡在我的身後，無意發現了那個怪人的什麼秘密，卻給那個怪人發覺拿下，然後再加以利用。」

「殺蕭若愚的果真不是他？」

「檀木的氣味是一個很好的證據。」

鐵虎點頭無言。

龍飛接道：「我們追著刀斬蕭若愚那個紅衣怪人到小樓那裡，就不知所蹤，表面看來乃是擊碎對門那扇窗戶，越窗逃去，其實乃是潛入了地道中，擊碎窗戶不過在引開我們的注意。」他還有話：「當時我曾經小心的檢查過窗外那一帶，顯然並沒有人走過的痕跡。」

鐵虎道：「其實司馬怒已經給安置在地道之內了。」

龍飛頷首道：「那個怪人進去之後就指使司馬怒從地道闖入那邊書齋，一面刀斬我師叔，一面呼我師叔殺人滅口！」

鐵虎道：「丁鶴給斬了一刀，人從酒醉中痛醒，自然就一劍刺去！」

龍飛道：「司馬怒人如白痴，自然就避不過那一劍。」

鐵虎道：「那個怪人難道不怕司馬怒被丁鶴拿下來？」

龍飛道：「這方面他早已考慮到。」

鐵虎冷笑道：「不成丁鶴的醉酒，也是被攝心？」

龍飛道：「攝心術並不是對所有人都有效的，好像我師叔那種高手，攝心術對他未必能發生作用了。」

鐵虎道：「然則是他知道丁鶴已醉倒？」

「未必。」

「哦？」

「他若是知道我師叔醉成那樣子，一定不肯讓司馬怒那樣做。」

「為什麼？」

「萬一司馬怒亂刀砍死了我師叔，我們聞聲趕到去，將司馬怒拿下來，豈非就前功盡費？」

「可是……」

「你知否我師叔何以有『一劍勾魂』之稱？」

「莫非他不出劍則已，一出劍就必殺人？」

「一點不錯。」

「如此……」

「好像司馬怒那樣子突然闖入，揮刀便砍，即使他沒有醉酒，但在正常狀態之下，除非他的腦袋有毛病，否則一定會拔劍迎擊！」

「他的腦袋有沒有毛病？」

「沒有。」

「我也沒有，所以換轉我，也一樣會迎擊。」

「司馬怒倘真被攝心術所制，根本就完全不會閃避，換轉你，也一樣一鐵鍊砸死他。」

「即是說，無論丁鶴如何，司馬怒都是死定了。」

「那個怪人就是肯定司馬怒必死，才膽敢來此一著。」

「果真一如你所說，這個人也可謂老謀深算了。」

龍飛緩緩道：「我師叔退隱鳳凰鎮，不與江湖人交往，已經有十多年。」

鐵虎沉吟道：「你的意思是——那個怪人若非丁鶴的老朋友，也必是丁鶴的老仇人？」

龍飛道：「朋友當然不會這樣做，仇人又何需裝神扮鬼？」

鐵虎道：「那個怪人想必是丁鶴、蕭立共同仇人，自問不是兩人的對手……」

龍飛截口道：「既然是老謀深算，又怎會不知道他們兩個已不相往來，盡可以個別擊破？」

他淡然一笑，接道：「朋友間未必就不會結怨，朋友往往也就是仇人。」

鐵虎嘟喃道：「你又在賣什麼關子呢？」

龍飛忽然嘆了一口氣，道：「任何事情之所以發生，都不會沒有動機。」

鐵虎道：「這件事情動機又何在？」

龍飛道：「在報復奪妻之恨！」

鐵虎一怔道：「哦?誰奪誰之妻?」

龍飛道：「在這件事情之中，出現的人雖然多，有那種關係的只有三個人。」

鐵虎聳然一動，於是說道：「你不是在說……」

龍飛目光一落，又落在丁鶴後背那顆形如蜥蜴的黑痣之上，道：「我師叔背後的這顆黑痣與蕭玉郎背後那顆位置，形狀，大小，完全都一樣，放開蜥蜴作祟這個可能不談，你以為怎樣才可能有這種現象發生？」

鐵虎又是一怔，半晌才回答道：「遺傳？」

他的神情變得很古怪，龍飛比他更古怪，啞聲道：「不錯，是遺傳。」

鐵虎吃吃地說道：「你不是懷疑丁鶴跟蕭玉郎是父子的吧？」

龍飛徐徐道：「我確實如此懷疑。」

鐵虎道：「那麼丁鶴與白仙君之間豈非就……」

龍飛嘆息道：「你不是早已如此懷疑了！」

鐵虎摸著鬍子，喃喃道：「地道將那座小樓與這間書齋相連在一起，要往來的確方便得很，且神不知鬼不覺。」

龍飛道：「紙又焉包得住火？」

鐵虎說道：「蕭立到底不是一個老糊塗。」

他一頓接道：「你方才不是說過，他告訴你是因為丁鶴與白仙君做了對不起他的事情，所以與丁鶴疏遠。」

龍飛道：「當時我仍然有些懷疑，但看了這顆黑痣……」

他重重的嘆了一口氣，垂下頭。

鐵虎道：「蕭立與丁鶴出生入死，當然不會不知道丁鶴背後有這樣的一顆黑痣。」

「當然。」

「蕭玉郎既然是他的兒子，他當然不會不看蕭玉郎的裸體。」

「小孩子裸體的時候本來就很多，尤其是男孩子。」

「他當然也不會不懷疑蕭玉郎乃是丁鶴與白仙君所生，並不是自己的兒子。」

「當然！」

鐵虎鐵青著臉道：「你是說，那個怪人不是別人，就是蕭立？」

龍飛深深的吸了一口氣，道：「我的確是這樣懷疑。」

鐵虎怔住在那裡。

整個書齋立時陷入一片寂靜中。

難言的寂靜。

令人心寒的寂靜。

◇◇◇◇

夜風透窗。

鐵虎倏的猛打了一個寒噤，沉聲道：「蕭立想必是仍不敢肯定，小樓的種種怪事，就是他意圖證明丁鶴與白仙君是否有染。」

龍飛道：「也許是原因之一。」

鐵虎道：「白仙君已經死了三年，人死不能復生，所以他只有利用蕭玉郎化裝白仙君？」

龍飛道：「嗯。」

鐵虎道：「那麼他誘你到來……」

龍飛道：「卻是利用我做證人，證實我師叔乃是殺害他兩個兒子的兇手。」

鐵虎道：「你已經懷疑兇手就是丁鶴了。」

龍飛點點頭，道：「事實我師叔最值得可疑。」

鐵虎沉吟道：「殺丁鶴之子，藉丁鶴女婿之口，證明了丁鶴的罪行，連丁鶴的女兒也劫走，若是事實，這報復也未免太狠辣了。」

龍飛嘆息道：「愛妻不忠，摯友不義，豈非如此，又怎消他心頭之大恨？」

鐵虎皺眉道：「問題又來了。」

龍飛道：「是不是蕭玉郎不是他的兒子，難怪他下此毒手，但是蕭若愚……」

鐵虎道：「難道也不是他的兒子？」

龍飛道：「蕭若愚相信是，他卻是一個白痴。」

鐵虎道：「白痴又如何？」

龍飛道：「已等於死了一半，在白痴本身來說，也根本沒有所謂死生，什麼都一樣，正常的人看來，亦有生不如死的感覺，身為父母的這種感覺更加強烈。」

「虎毒不食兒！」

「以我看！蕭立也不忍心殺死蕭若愚，但他處心積慮的計劃，眼看就因此功虧一簣，迫使他不能不忍心痛下此毒手。」

「莫非蕭若愚是在義莊中瞧出了那個怪人就是蕭立？」

「也許他是在家中見過蕭立裝神扮鬼，無論是怎樣也好，他說出那種話，必有所見，知道那個怪人是他父親。」

「有一點不知道你有沒有留意？」

「蕭若愚被殺的時候，蕭立去找那位華方老先生？」

「正是。」

「方才我已經問過老先生，他其實已經隱居在鳳凰鎮郊東不遠的一個村落中，離開這裡並不太遠，蕭立除非不知道，否則沒有理由去那麼久，回來的時候更且大汗淋漓。」

「你以為他殺人之後，溜入地道之中，指使司馬怒殺進書齋，一方面嫁禍，一方面引開我們注意，才趕赴東郊，找華方回來？」

龍飛點頭。

鐵虎忽然上上下下的打量龍飛好幾遍！

龍飛一直到鐵虎的眼睛停止移動，才開口說道：「我知道你心裡在想什麼。」

鐵虎道：「哦？」

龍飛道：「龍飛這小子的腦袋是不是出了毛病？」

鐵虎大笑道：「到底是不是？」

龍飛手捏著前額道：「不是。」

鐵虎道：「怎麼你會生出這麼可怕的念頭？」

龍飛道：「事實的本身原就是可怕得很。」

鐵虎摸摸鬍子道：「看來我也得走去那條小溪浸浸了。」

龍飛笑笑！他的笑容苦澀得很！

鐵虎長長的吁了一口氣，道：「你的假設果然是大膽得很！」

龍飛道：「大膽假設，細心求證，豈非就是你們的金科玉律？」

鐵虎連連點頭，道：「幸好你沒有幹我這一行。」

龍飛道：「為什麼？」

鐵虎大笑道：「否則哪裡還有我立足的餘地！」

龍飛想不到鐵虎這個時候居然還有興趣說這種笑話，不由得一怔！

鐵虎接問道：「你到底一共做出了多少個假設？」

龍飛道：「這也成問題？」

鐵虎搖頭，正容答道：「你所做的假設我不能不承認都很有道理。」

龍飛嘆息道：「可惜盡都是假設，一些證據都沒有。」

鐵虎道：「這的確可惜得很。」

龍飛道：「所以目前你仍然寧可相信黑蜥蜴作祟這一種解釋。」

鐵虎道：「這一種解釋的證據是不是已經足夠？」

龍飛道：「最低限度活活的黑蜥蜴到目前為止我們已經見過兩條。」

鐵虎沉默了一會，緩緩道：「蕭立人看來非常豪爽，出了名是一個正直的俠客，也不像一個狡猾之徒。」

龍飛道：「看來也的確不像。」

鐵虎說道：「不過所謂知人知面不知心。」

龍飛道：「所以你對他仍然還有些懷疑。」

鐵虎道：「事情未水落石出之前，對於任何人我都有些懷疑！」

龍飛笑笑不語。

鐵虎一皺眉，又說道：「以蕭立性情的剛直，似乎沒有理由會想得出這種詭計。」

龍飛說道：「蕭立性情看來不錯是剛直得很，但絕非你說的那麼腦筋不懂得轉彎！」

鐵虎道：「從哪裡見得？」

龍飛道：「從他的奪命三槍！」

鐵虎道：「你跟他交過手了？」

龍飛搖頭道：「你忘了我跟蕭若愚在義莊之內曾經交過手？」

鐵虎恍然道：「嗯。」

龍飛道：「蕭若愚的武功，乃是得自蕭立的真傳，當時他所使用的毫無疑問就是奪命三槍中的招數。」

鐵虎道：「應該就是了。」

龍飛道：「蕭立果真一如你說的那麼剛直，又怎會想得出那麼詭異的槍法？」

「不錯不錯！」鐵虎連連點頭。

龍飛嘆息道：「事情果真一如我假設，那麼這個人思想的靈活，毫無疑問絕非一般人能及，我們要找到他的犯罪證據，只怕不容易。」

鐵虎卻大笑道：「天網恢恢，疏而不漏。」

龍飛道：「話是這樣說。」

鐵虎道：「憑我的經驗，以及你的聰明，事情倘真一如你的假設，遲早一定會被我們找出證據來的！」

龍飛道：「到時候就是能夠將他繩之於法，又有什麼用？」

鐵虎道：「話不是……」

龍飛道：「也許他完全達到目的之後，自動將真相告訴我們。」

鐵虎道：「哦……」

龍飛道：「你幹了那麼多年捕頭，難道還不明白罪犯的心理？」

鐵虎道：「一般來說，在目的達到之後，大都會樂極忘形，甚至於惟恐他人不知。」

龍飛道：「一件罪案的解決，成功的地方，並不在於破案拿人，乃在於防範未然。」

鐵虎苦笑道：「這件事情的開始，可是一些跡象也沒有。」

龍飛道：「所以一開始，我們便已失敗了一半。」

鐵虎道：「這卻是無可奈何。」

龍飛說道：「因為我們都沒有一雙天眼！」

鐵虎微喟道：「所以這種失敗在我來說已經習慣。」

龍飛亦自一聲微喟，道：「現在我們都知道這件事情仍然未結束，仍然在進行，都知道又一個人面臨死亡，卻是一些也都不知道能否及時制止。」

鐵虎道：「你是說紫竺？」

龍飛無言頷首，憂形於色！

鐵虎道：「以你看，她現在仍然生存嗎？」

龍飛道：「希望如此。」

鐵虎道：「你浸在溪水之中那麼久，有沒有想到她可能被藏在什麼地方？」

龍飛面上憂慮之色更濃，道：「現在我仍然茫無頭緒。」

鐵虎忽然打了一個哈哈，道：「吉人自有天相，小龍你也不必過慮。」

龍飛淡然一笑，緩緩站起身子。

鐵虎急問道：「你又要往哪裡去？」

龍飛道：「到院外走走。」

鐵虎道：「散散心也好。」

他連隨亦站起來，道：「我也得到外面走一趟，教手下兒郎小心一下蕭立的行動。」

龍飛並沒有異議，舉步走出去。

夜更深，距離黎明仍然有一段時候。

漫漫長夜，如何待到破曉？

二十　棺中棺

龍飛負手漫步院中，仰眼望天，眉宇之間，憂慮之色，絲毫未褪！

紫竺何在？

事情的真相是否一如他所假設？

苦雨淒風。

午前。

兩副棺材先後從蕭家莊抬出來，蕭立一身白衣，緊跟在棺材之後！

沒有眼淚，沒有表情，他的一個身子仍然標槍也似挺直，一張臉卻已紙白，眼瞳之內也滿佈血絲。

接連的慘變，似乎並沒有將這條鐵漢擊倒，經過一夜的休息，他激動的心情，顯然已平靜了下來！

淒風吹起了他的衣衫，苦雨打濕了他的衣衫。

有誰知道他內心現在的感受？

白三娘送出門外，哭倒在門外！

哭聲已嘶啞。

她整個人都已經崩潰。

鐵虎手下的一個捕快無言扶住白三娘，一雙眼似乎已濕了。

人非草木，誰孰無情？

沒有親屬，沒有朋友，扶棺的就只有蕭立一人。

淒涼而孤獨！

棺材已埋下，黃土已掩上，墓碑已豎起。

蕭立仰眼望天，一身水濕，一臉水濕，也不知是水珠還是淚珠。

仵工已全都離開，只剩下蕭立一人。

是那麼淒涼，是那麼孤獨！

香火已熄滅，紙錢飛舞在天地之間！

天愁地慘。

蕭立突然仰天狂笑。

笑聲悲激，有如哭聲。

狂笑聲中他挺直的身軀逐漸佝僂起來，笑聲亦逐漸低沉了下去，終於斷絕。

然後他佝僂著身體，轉向來路走去。

沉重的腳步在地上留下了一行深深的腳印。

◇◇◇

淒風苦雨中，蕭立終於消失在來路之上。

本來荒涼的墓地更顯得荒涼。

也就在這個時候，墓地一側的雜木林子之內走出了兩個人。

一個錦衣瀟灑，一個貌似鍾馗，正就是龍飛、鐵虎。

鐵虎的手中拿著一個鐵鏟。

目注著蕭立的去處，龍飛倏的長長地呼了一口氣，說道：「現在我們可以動手了。」

鐵虎微喟道：「再等等。」

龍飛並沒有異議。

鐵虎上下打量了龍飛一眼，又一聲微喟，道：「你這小子的假設的確是大膽得很。」

龍飛道：「這句話你已是第十二次說的了。」

鐵虎嘟喃道：「交著你這種朋友，始終有一天，不給你嚇死，也給你累死。」

龍飛笑笑道：「你切莫忘記，是你甘心情願跟我來的。」

鐵虎狠狠的道：「這一次你若是弄錯，回去我立即將你鎖起來。」

龍飛笑容一斂，嘆息道：「我若是弄錯，也非要一個地方安靜一下不可。」

鐵虎目光一轉，道：「你最好現在就求神拜佛，希望蕭立不要回頭發現，否則就……」

龍飛道：「一切自有我承擔。」

鐵虎道：「總之他回頭發現，而你又判斷錯誤的話，你那條命固然是成問題，我頭上這頂雞毛帽子也丟定了。」

龍飛道：「你豈非時常說這個官已經做膩。」

鐵虎笑罵道：「我也不知前世做錯什麼，今生交著你這個朋友。」

龍飛道：「你有生以來，做過這種事沒有？」

鐵虎道：「一次也沒有。」

龍飛道：「所以其實應該感激我給你這個機會才是。」

鐵虎道：「我感激極了。」

瞧他那副表情，聽他那種語氣，分明就是說反語。

龍飛到底要鐵虎做什麼事情？

◇◇◇

雨仍然在下。

龍飛忍不住又催促道：「還不快點過去？」

鐵虎道：「你什麼時候變得這樣心急呢？」

龍飛道：「換轉你是我，也會這樣心急的。」他說著舉步走前。

鐵虎嘆了一口氣，舉步緊跟在龍飛身後。

兩人一直走到蕭家那兩個新墳之前停下。

鐵虎道：「先從哪一個墳墓開始？」

龍飛目光一落，道：「從蕭玉郎的墳墓。」

他連隨一伸手，道：「給我鐵鏟。」

鐵虎搖頭道：「你還是把風，讓我來吧。」

龍飛道：「這也好！」偏身一縱，掠上山邊的一株大樹上。

鐵虎手中鐵鏟往墳前地上一插，一面捲袖子，一面嘟喃道：「堂堂的大捕頭，竟然淪落為偷墓賊，當真是怪事年年有，今年特別多。」

龍飛敢情是要他挖開墳墓，將棺材偷出？

這樣做法又為了什麼？

◇

泥土剛掩上，要挖起來當然是容易得很。

鐵虎下鏟如飛，很快就將棺材上的泥土挖開。

黑漆的棺材，已釘上釘子。

龍飛即時從樹上躍下，落在鐵虎的身旁。

鐵虎冷不防給他嚇了一跳，變色道：「蕭立回頭了？」

龍飛搖頭道：「不是，是我忍不住下來而已！」

鐵虎捏了一把汗，道：「險些兒給你嚇死！」

龍飛連隨從鐵虎手中取過鐵鏟，插進棺蓋的縫隙中，一插猛一撬，「勒」一聲，棺蓋就被他撬了起來！

他旋即棄鏟用手，「勒勒勒」一陣異響，整塊棺蓋連鐵釘一齊被他掀離。

棺蓋打開，蕭玉郎的屍體就呈現在他們眼前，與昨日他們所見並無多大不同，衣衫也仍是那件衣衫，血腥卻已經變臭，一種難以形容的氣味撲向兩人面門。

鐵虎皺起了鼻子。

龍飛緊咬牙齒，將棺蓋放下，從棺中抱起了蕭玉郎的屍體，放在棺蓋上。

這個人好大的膽子！

屍體的下面自然就是棺底，龍飛目光一落，道：「果然淺很多。」

鐵虎應聲道：「棺中難道真的另有棺嗎？」

龍飛道：「立即就知道。」雙手運勁，一齊插在棺底之上。

「劈劈拍拍」一陣亂響，棺底竟然在他指下裂開。

棺底怎會這樣薄，這樣就碎裂。

龍飛喜形於色，十指一插一抓，整塊棺底就被他抓起來。

棺底果然薄得很，不過寸厚。

這層棺底之下，並非黃土，赫然還有一層。

棺中棺！

◇◇◇

棺中棺幽然躺著一個紫衣少女。

紫竺！

鐵虎脫口驚呼。

龍飛既驚又喜。

紫竺雙目緊閉，面色蒼白！

龍飛急忙伸手探去！

鐵虎不等龍飛的手觸及紫竺的鼻，就問道：「怎樣了？」

龍飛當然不能夠立即回答，也沒有作聲。

鐵虎心急如焚。

半晌，龍飛才開了口，說道：「還有氣。」

他的語聲明顯的在顫抖，整個人跪倒棺緣上，彷佛已經虛脫。

事實他為了找尋紫竺幾乎心力交瘁了！

鐵虎一聽跳起來，連聲道：「好極了！好極了！」

好一會，龍飛的心情才平復下來，緩緩將紫竺從棺材中抱出，一雙手不住的在顫抖。

鐵虎搓著雙手，又接道：「好小子，真有你的！棺中果然另有棺，紫竺果然就給藏在棺中棺之內。」

龍飛道：「我想來想去，整個蕭家莊我們沒有加以搜查，又可以藏人的地方，就只有蕭玉郎的棺材！」

鐵虎格格大笑道：「果然就不出你的所料，好險啊好險！」

龍飛額頭上忽然汗珠滾落。

鐵虎也自捏了一把汗，道：「你還不快將丁姑娘救醒。」

龍飛點頭，抱著紫竺走向那邊雜木林子。

鐵虎不用關照，立即將蕭玉郎的屍體放回棺材內，將棺蓋放上釘好，將泥土盡量弄回原狀。

然後他聽到了一陣飲泣聲，從那邊雜木林子傳來。

是女孩子的哭聲！

鐵虎手抄住鐵鏟，向那邊奔了過去。

神態顯得很輕鬆，就像是心頭剛放下了千斤重石。

紫竺在飲泣。

龍飛將紫竺擁抱在懷中，一句話也說不出來。

鐵虎從林外闖進，看清楚紫竺果然已經醒轉，才真的放心，格格大笑道：「現在可好了。」

紫竺應聲回頭，一見鐵虎，驚訝道：「鐵大人！」

鐵虎笑得更開心，道：「妳還認得我這個鐵大人，可見已回復正常。」

紫竺奇怪問道：「我到底怎樣不正常了？」

鐵虎道：「也沒有什麼，只是昏迷過去。」

紫竺道：「我不是在蕭伯伯那兒，怎會在這裡？」

鐵虎目注龍飛，道：「你還未告訴她嗎？」

龍飛道：「她剛醒！」

紫竺忙問龍飛道：「這裡到底是什麼地方？」

鐵虎即時插口道：「丁姑娘，妳在蕭家莊大堂到底遇上了什麼事？」

紫竺道：「沒有什麼事。」

鐵虎道：「我們追著那紅衣怪人離開大堂之後，真的什麼也都沒有發生？」

紫竺回憶著說道：「你們離開了之後，我扶起了三婆婆，想將她救醒，可是怎樣替她推拿也沒有反應。」

鐵虎道：「我那些手下是否都聞聲走進大堂來？」

紫竺點頭道：「嗯。」

鐵虎道：「後來他們分成了兩批。」

「好像是。」

「留在大堂那四個後來怎樣？」

「嗯，我記起來了。」紫竺抬手輕按著額角，道：「就在我替三婆婆推拿之際，我聽到了一陣奇怪的聲音，回頭望去，就看見那四個捕快叔叔一一倒下，然後我好像看見了蕭伯伯……」

鐵虎迫不及待的追問道：「蕭立在幹什麼？」

紫竺道：「好像向我走過來。」

鐵虎追問道：「以後怎樣了？」

她怔住在那裡。

「看來妳就在那個時候昏迷過去。」龍飛只說了一句話，便沉默了下去！

紫竺忙問道：「我是不是昏迷了很久呢？」

鐵虎道：「差不多一天。」

「一天？」紫竺瞠目結舌。

鐵虎道：「這一天之內，可急壞了小龍了。」

紫竺忙問龍飛道：「飛哥，方才你到底在哪裡找到我？」

龍飛道：「在棺材之內。」

紫竺嚶嚀一聲，縮入龍飛懷裡，道：「你別嚇我好不好。」

龍飛嘆了一口氣，鐵虎即時道：「小龍說的是真話，妳甚至給人埋在泥土之內，若不是小龍腦袋靈活，及時將妳救出來，後果可真就不堪設想！」

紫竺卻向龍飛道：「飛哥，是真的？」

龍飛道：「老鐵雖然人時常喜歡信口胡謅，這一次說的可是實話。」

鐵虎急嚷道：「我什麼時候胡謅過了呢？」

紫竺連隨又問道：「到底發生了什麼事情？」

龍飛道：「這不是三兩句話就能夠說清楚，我們現在還是先離開這兒。」

紫竺道：「去哪兒？」

龍飛道：「你我暫時不要進入鳳凰鎮去！」

鐵虎忙問道：「那麼我……」

龍飛道：「你卻是非進不可。」

鐵虎道：「哦？」

龍飛道：「然後你率領手下捕快，在蕭家莊之內仔細的搜索。」

鐵虎詫聲問道：「搜索什麼？」

「紫竺！」

「什麼？」鐵虎眼睛圓睜，直瞪著龍飛。

龍飛接道：「我們已找到紫竺這件事，你自己知道就是，暫時不要告訴你的手下。」

鐵虎道：「你是擔心他們知道了，就不會落力搜索，從而露出破綻來？」

龍飛道：「正是這意思。」

鐵虎道：「這一次，你葫蘆裡賣的又是什麼藥？」

龍飛不答卻又吩咐道：「有一點你要記穩。」

「說好了。」

「小樓所在的那個院落，不要讓你的手下進去。」

「哦？」

「我要你親自搜索，卻只在樓外，樓中無論任何聲響，都不要理會，倘若遇到了蕭立，可要放開喉嚨去跟他招呼。」

鐵虎摸摸鬍子，道：「我現在有些明白了。」

龍飛道：「在酉時過後，你們就退出蕭家莊，在我師叔那個書齋之內等候。」

鐵虎道：「能不能多告訴我一些？」

他其實也並不怎樣的明白。

龍飛道：「目前我能夠告訴你的，就只有這些！」

鐵虎皺眉說道：「你不是又有什麼大膽假設的吧？」

龍飛點頭道：「嗯。」

鐵虎苦笑道：「這一次莫要是去挖蕭家的祖墳才好。」

龍飛笑笑道：「今回你放心好了，這一次我即使又去挖別人的墳墓，也只自己動手，不會再勞動你。」

鐵虎嘆了一口氣，說道：「一聽到你又來一個大膽的假設，我便不由心驚肉跳了。」

龍飛只是笑笑。

鐵虎接口道：「你與丁姑娘現在又去什麼地方？」

龍飛道：「到附近的村落先找一些吃的。」

紫竺聽說立時咬了咬嘴唇。

龍飛笑道：「肚子餓了是不是？」

紫竺點頭。

鐵虎又問道：「然後呢？」

龍飛道：「改裝翻過那邊山回去鳳凰鎮。」

鐵虎道：「你比我還要謹慎。」

龍飛道：「任何的疏忽有時都會影響大局。」

鐵虎道：「可是你回鎮之後要小心，蕭立這個老狐狸已經成精，並不是一個容易應付的人。」

龍飛道：「你說出這句話，我才真正的放心。」

鐵虎大笑道：「不成你一直當我是一個粗心大意的莽漢。」

龍飛一笑揮手，道：「快去！」

鐵虎大笑轉身，疾奔而去。

紫竺旁邊聽得直眨眼，這時候忍不住問道：「蕭伯伯到底怎樣了？那個鐵大人怎麼說他是狐狸精？」

龍飛一笑道：「這個人就是喜歡胡謅，蕭立精是精，卻不是狐狸精。」

「那是什麼精？」

「蜥蜴精！」

紫竺一怔，嘟著嘴道：「又到你胡謅了。」

龍飛嘆了一口氣，緊擁著紫竺。兩人終於舉起了腳步，無言走在風雨中。

風雨依舊。

廿一 鬼魂

黃昏。

酉時方過，一行人魚貫從蕭家莊走出來，帶頭是鐵虎，後面是他手下捕快。

一眾捕快全都垂頭喪氣。

他們並沒有找到紫竺。

也根本沒有可能找到。

鐵虎亦是一副垂頭喪氣的模樣，可是一出了蕭家莊，這模樣便已逐漸消失。

轉過街口，鐵虎才長長的舒一口氣。

龍飛要他做的，他到底已經做妥了，現在他只想知道，龍飛那方面進行得又如何。

——這小子到底又做了什麼大膽假設？是否已經有收穫。

鐵虎的腳步不覺快了起來。

這時候，夜色已漸濃。

◇

夜已深。

蕭家莊大堂之內孤燈獨照，一個人獨坐在孤燈下。

蕭立！

八仙桌之上有酒，只一壺。

蕭立到現在只喝了三杯，一些醉意也沒有。

他身上仍然穿著那襲白衣，燈光下一張臉蒼白得異常。

酒他喝得也異常慢，他好像有很多的心事，又彷彿在盤算著什麼。

他的一雙手始終那麼穩定。

三杯酒對於他根本就不會發生任何影響，他心裡其實很想狂喝大醉，但是他始終壓抑住這種意圖狂喝大醉的衝動。

一種莫名的不安正蘊斥在他的心頭。

每當危險接近的時候，他就會有這種不安的感覺。

這種感覺已多次救了他的性命。

此次又如何？

蕭立又焉能狂喝大醉。

杯又乾。

蕭立端起了酒壺，斟下了第四杯，他斟得很慢。

因為他根本就不想再多喝，一杯也不想。

他卻是不由自己。

酒斟在杯中，卻發出了一陣奇怪的聲響。

靜夜中聽來，奇怪而恐怖。

杯已滿。蕭立將酒壺放下，端起了酒杯。

他儘管根本不想再喝，仍然不由自主的將杯端起。

也就在這個時候，一陣風穿門而入。

燈搖影動。

「呱」一聲怪叫也就在那剎那在堂外響起來。

蕭立渾身一震，叱喝道：「誰？」

一個人應聲出現在門外。

白范陽遮塵笠子，車把式裝束，蕭立目光一落，長身暴起。

那個車把式旋即佝僂著身子，舉步走了進來。

一步，兩步，三步。

「誰？」蕭立又一聲叱喝。

車把式應聲止步，將頭抬起來，同時抬起手，取下頭上戴著的竹笠。

他的動作緩慢之極，那雙手在燈光下一閃一閃，赫然長滿了一片片慘綠色，油膩的蛇鱗。

竹笠一取下，燈光就照亮了他的臉。

慘綠色的臉，也佈滿鱗片，短鼻尖嘴，不似人相。

這豈非就是那個蜥蜴怪人？

蕭立盯穩了這張臉，突然一聲冷笑，道：「什麼人在裝神扮鬼？」

那個怪人「呱」一聲叫。

蕭立冷笑道：「有種的，快將面具取下。」

那個怪人也冷笑一聲，抬頭往臉上一抹，那張怪臉就給他撕下來。

果然是一張面具，在這張面具之後，是一張中年人的臉龐。

司馬怒！

那竟是司馬怒的臉龐！

慘白的臉龐，有如白雪般，既無人色，也無生氣！

司馬怒豈非已死在丁鶴的勾魂一劍之下？

——鬼？

蕭立終於變了面色，不覺打了一個寒噤，失聲道：「你……」

司馬怒即時慘呼道：「還我命來！」

悽厲的呼聲，飄飄忽忽，傳說中鬼魂的呼喚豈非正就是如此？

蕭立又打了一個寒噤，「波」一聲，那只酒杯已在他手中碎裂。

杯中酒打濕了他的衣衫，他突然大笑道：「又不是我殺你，你要索命，該找丁鶴才是。」

司馬怒又一聲慘呼：「還我命來！」

慘呼聲中，他已舉起了腳步，走向蕭立。

風適時從堂外吹進。

陰風陣陣，燈光明暗。

蕭立不禁倒退了一步，也只是一步，倏又大笑說道：「好小子，竟然來扮鬼唬我。」

笑語聲未絕，他右手暴伸，一把抄住了八仙桌上那個酒壺，疾擲了過去。

風聲暴響，這一擲之力，顯然非同小可。

司馬怒的鬼魂彷彿也知道這厲害，立時飄起來，向門外飄飛。

酒壺從他的腳下飛過，擊在門外走廊的一條柱上，「轟」然碎裂，四下飛射。

司馬怒的鬼魂，凌空一翻，恰巧從碎片上翻過，斜落在院子中。

「哪裡走？」蕭立一聲暴喝，身形如離弦箭矢，疾射了出去。

一股白煙即時從司馬怒的腳下爆開，迅速擴散，將他包裹起來。

「好！」蕭立猛一聲怒吼，身形一落一頓，轉向上拔，一拔三丈，掠上了廳堂的滴水飛簷上。

居高臨下，他立時發現，一條人影正翻過牆頭，向後院那邊掠去！

蕭立連隨從飛簷上掠下，緊追在後。

翻過一道圍牆，又一道圍牆，越過一個院落又一個院落，蕭立對於自己莊院的地形當然熟悉得很，急追向後院那邊。

夜色深沉。

今夜沒有雨，卻有月。

冷月無聲，深夜寂靜。

蕭立身形飛燕般掠過短牆，落在梧桐荒草中。

院子裡沒有人。

——難道不是走來這兒？

蕭立張目四顧，此念方出，忽然就發覺那座小樓之內竟然有燈光亮起來。

燈火明亮。

——是誰在樓中？

蕭立目光一寒，濃眉一聳，大步走了過去！

門掩上，但一推即開。

燈光從樓中射出，照亮了蕭立的臉龐，蕭立的目光卻落在對門那扇屏風之上。

不再是素白，那扇屏風之上又出現了前夜龍飛看見的那幅畫。

那幅恐怖而詭異的畫。

飛揚的火焰中，一個上半身是人，下半是蜥蜴的怪物正在吮吸著一個女人的腦髓、鮮血。

血紅髓白，觸目驚心。

蕭立臉龐這剎那更白，眼睛更紅，也彷彿有火焰燃燒起來。

他舉步走了出去。

離開那扇屏風還有一丈，他忽然又停下腳來，沉聲道：「出來。」

那扇屏風應聲左右分開，一排十個人出現在蕭立眼前，正中那個並不是別人，就是鐵虎。

鐵虎那條鐵鍊已撤在手中，一雙眼睛圓睜，瞪著蕭立。

左右是他手下的八個捕快，長刀都已經出鞘。

在鐵虎腳前地上，有四塊方磚。

四塊方磚都嵌在一塊木板之上，木板的旁邊，是一個地洞，而地洞的出口，大小與那塊木板一樣。

這座小樓中，竟然還有第二個地洞。

蕭立目光一抬，道：「好！」

鐵虎冷冷的道：「彼此！」

蕭立道：「是你找到了這個地洞？」

鐵虎道：「不是我。」

「誰？」

「我！」一個黑影出現在小樓門外。

鬼！

司馬怒！

廿二　情深恨更深

夜風蕭索，吹起了司馬怒的衣衫。

他的臉仍然白堊一樣。

蕭立應聲轉身，盯著司馬怒，冷冷一笑，道：「司馬怒，若是有你這樣高強的輕功，絕不會這樣短命。」

司馬怒一笑，白堊一樣的那張臉突然蛛網般裂開，簌簌的落下。

各人雖然是意料之內，看在眼中，亦不由打了一個寒噤。

臉之後還有臉。

龍飛！

蕭立冷冷的盯著龍飛，道：「我方才已經知道一定是你。」

龍飛無言抹下臉上的餘屑，脫下那身車把式裝束。

錦衣玉立，他看來仍然是那瀟灑。

蕭立上上下下的打量龍飛一遍，道：「丁鶴果然目光獨到，挑到一個你這樣聰明，這樣能幹的女婿，我卻走眼了。」

龍飛答道：「前輩何嘗不是一個聰明人？」

蕭立冷冷道：「我若是聰明，就不應該將你牽涉在內。」

龍飛道：「若非由我來指證，我師叔縱然傷心，只怕尚不至絕望，如此又焉能消得前輩的心頭大恨？」

蕭立道：「你的假設並沒有錯誤。」

龍飛道：「晚輩昨晚與鐵捕頭說話時，前輩想必是在書齋下的地道中偷聽。」

蕭立一怔道：「難道你當時已經察覺了？」

龍飛點點頭，道：「不瞞前輩，晚輩那番話原是主動要說給前輩聽的。」

蕭立道：「事情若是一如你所說，我聽了之後，心意難免有些慌亂。」

龍飛道：「在慌亂之下，前輩自己就會改變初衷。」

蕭立道：「亦必然就會露出破綻。」

龍飛道：「前輩今天第一件要解決的事情卻就是埋葬那兩副棺材，所以晚輩再大膽的假設，前輩必定將紫竺藏在棺材之內。」

蕭立渾身一顫，道：「你們莫非已經挖土開棺，將紫竺救出來了？」

龍飛道：「恕晚輩斗膽，不能不如此冒犯。」

蕭立道：「紫竺現在呢？」

「蕭伯伯，我在這兒！」紫竺應聲從鐵虎後面那道樓梯走了下來。

蕭立目光一轉再轉，道：「很好，很好！」

鐵虎冷笑截道：「你可就不好了。」

蕭立道：「誰說我不好？」

鐵虎道：「現在證據確鑿，我少不免要抓你回去，問你一個殺人之罪。」

蕭立道：「鐵大人什麼時候看見我殺人了？」

鐵虎一怔。

蕭立目光一轉，道：「這座小樓已經荒廢多時，誰知道什麼人開了那兩個地道，在這裡裝神扮鬼？」

鐵虎厲聲道：「就是你！」

蕭立道：「鐵大人看見我裝扮成個怪物？」

鐵虎又是一怔。

蕭立目光再轉，回轉向龍飛，接道：「我卻只看見這一位龍公子那樣做，鐵大人與鐵大人的手下，都有目共睹，說不定就是這位龍公子玩的把戲，鐵大人要抓人，抓他才對。」

鐵虎惱道：「我們都是從蕭公子的棺材中將那位丁小姐找出來。」

「當時我可在場？」

「不在。」

「這就是了，誰知道會不會有人在我離開之後，將人放在棺材中嫁禍於我，對於挖土開棺這件事，我還未追究。」

「你……」鐵虎氣得連話也說不下去。

蕭立又道：「你們要找證據，最低限度也得在棺材出門之時，就將我截下來才是。」

鐵虎惱道：「當時……」

蕭立笑截道：「當時你們完全不能肯定是不是？」

鐵虎道：「是又如何？」

蕭立道：「那麼實在可惜得很，喪失了一個這樣好的拿人機會。」

鐵虎氣呼呼的道：「好小子。」

蕭立目光落向那條地道，道：「更可惜的就是，你們連這條地洞也不好好加以利用，應該守候在旁，待我將面具竹笠拿出來的時候，才現身出來。」

鐵虎道：「你還用得著那些東西？」

蕭立道：「很難說。」

鐵虎道：「那麼還要我們等到何年何日？」

「我也不知道。」蕭立笑笑道：「無論什麼事，操之過急與過緩都是不好，你做了捕頭這麼多年，難道連這個道理也不懂麼？」

鐵虎氣得一個字也說不出來。

蕭立悠然接道：「所以龍飛的假設雖然並沒有錯誤，你們又找到了這許多證據，對於我，並沒有任何影響。」

龍飛即時道：「前輩無疑是一個很聰明，很聰明的人。」

蕭立淡然一笑，道：「何不就說老奸巨猾？」

龍飛道：「晚輩也早已考慮到，縱然找到什麼證據，也不會發生任何作用。」

蕭立道：「那麼你又何必裝神弄鬼多此一舉？」

龍飛道：「晚輩只不過想藉此弄清楚，是否前輩所為？」

他一頓接道：「正如前輩所說，我們雖然在棺材之內找到紫竺，不無可能是別人嫁禍。」

蕭立道：「現在你已經確定了？」

龍飛道：「嗯。」

蕭立道：「那麼你打算怎樣？以江湖手段了斷？」

龍飛搖頭答道：「晚輩無意與前輩動手。」

蕭立道：「哦？」

龍飛道：「晚輩只想問清楚前輩幾件事情，然後就離開。」

蕭立又是「哦」一聲。

龍飛道：「晚輩始終都相信，天理循環，報應不爽。」

蕭立冷笑。

龍飛道：「只不知前輩能否替我解開那幾個疑團？」

蕭立斷然點頭，說道：「你要知道什麼？」

龍飛道：「事情的真相是否一如我假設的那樣？」

蕭立道：「是。」

紫竺那邊脫口道：「我爹爹怎會是哪種人？」

蕭立道：「到這個時候，我還用得著說謊？」

紫竺垂下頭。

龍飛又問道：「司馬怒與前輩有什麼關係？」

蕭立道：「什麼關係也沒有。」

「他是追在我身後，無意中窺到了前輩的作為？」

「不錯。」蕭立緩緩的道：「斷腸坡一戰，你戰勝之後，是否曾叫他練好『旋風十三斬』，再來找你？」

「正是。」龍飛解釋道：「旋風十三斬，最後一斬一共有二十三種變化是嗎？而他卻只練得十三變。」

蕭立道：「你雖然是一番好意，他卻以為你是存心侮辱他。」

「晚輩絕無此意。」

「我知道。」

「何以他有這個念頭？」

「因為他那『旋風十三斬』最後一斬，他已經練至極限，已不能再生變化。」

「以他的天資……」

「有一件事你還未知道。」

「哪件事？」

「司馬怒當年曾火併『追風劍』獨孤雁！」

「結果獨孤雁被他一刀砍下頭顱。」

「你可又知道，他右手食指第三指的筋骨亦同時被獨孤雁以劍挑斷？」

「哦？」

「這在江湖上，並不是一個秘密，司馬怒也一直以一指換取獨孤雁一條命，引以為榮。」

「我卻是不知道。」

「因為你從未與這個人接觸，一個人也絕對沒有可能盡知武林中所有事情。」

龍飛道：「他卻是想必以為我已經知道。」

蕭立道：「士可殺不可辱，所以他緊追在後，準備予你致命的一擊。」

龍飛嘆了一口氣。

蕭立道：「所以你其實還應該要感激我。」

龍飛道：「前輩拿下他之後，就以攝心術控制他的神智？」

蕭立道：「要控制這個人的神智，實在不容易。」

龍飛微喟道：「前輩為了雪這個心頭大恨，實在下了很大的苦心。」

蕭立冷冷道：「嗯。」

龍飛道：「可是我仍然懷疑。」

蕭立道：「丁鶴無論怎樣看來，都不像哪種人，是不是？」

龍飛無言頷首。

蕭立道：「最初我也是你這樣想。」

他冷冷一笑，道：「知人知面不知心，我與他相交多年，而且是結拜兄弟，尚且瞧不出他的狼子野心呢，你又焉能瞧得出來。」

龍飛一聲嘆息。

蕭立橫移兩步，在旁邊一張椅子坐下來，道：「很多年前的事了！」

他一頓才接下去，「丁鶴與我當時都還年輕，我們一腔熱血，闖盪江湖，本正義，打不平，南蕭北鶴，一個三槍追命，一個一劍勾魂，邪惡之徒，聞名喪膽。」

龍飛心頭不覺熱血沸騰。

蕭立繼續道：「那一年秋初，我們不約而同，飛馬怒闖無惡不作的中州七煞的大寨，由中午血戰至黃昏，合兩人之力，終於擊殺了中州七煞，也因此而認識，乃至結拜。」

龍飛道：「後來又如何？」

蕭立道：「我們並騎江湖，闖最凶險的地方，殺最惡毒的賊徒，槍劍所至，無人敢攖其鋒。」

龍飛道：「好！」

蕭立道：「第三年之秋，我們在悍匪圍攻之下，無意中救了一戶姓白的人家，也就在這個鳳凰鎮。」

龍飛道：「哦？」

蕭立道：「其主人白風，乃是一個已經金盤洗手的巨盜，招呼我們住下來，我們知道了他的底細後，就很想離開，誰知道，也就在那個時候，我們見到了他的女兒。」

「白仙君？」

蕭立頷首，道：「仙君天姿國色，也許前生冤孽，我們兩人都喜歡上了她，不由自主答應住下來，一住就半年，便是在那邊現在的丁家莊。」

他目光一落，接道：「白風自知道雖然金盆洗手，當年的仇敵未必罷休，所以造了這樣的兩幢莊院，還設了地道，以便必要時逃避。」

龍飛點點頭道：「原來如此。」

蕭立道：「那半年之中，因為我們的入住，白家得到前所未有的安靜，而我們都在設法接近仙君，表面上看來，仙君待我們無分厚薄，事實卻喜歡丁鶴，因為丁鶴文武雙全，琴棋書畫，無不精通，我對於那些東西卻一竅不通。」

龍飛道：「那怎麼……」

蕭立截口道：「仙君雖然是喜歡丁鶴，可是白風卻喜歡我，因為他的性情恰好跟我一樣，所以在半年之後，他斷然將仙君許配與我。」

龍飛嘆了一口氣。

蕭立道：「我這個人雖然並不是全無機心，但對於兒女私情，卻正如對於琴棋書畫一樣，一直都以為與丁鶴乃是處於相同的地位，能否取得仙君的歡心，自然也就如武功一樣，優勝劣敗，完全沒有考慮到那盡是白風個人的主意。」

龍飛又嘆了口氣。

蕭立接道：「我入贅白家之後，丁鶴並沒有離開，白風以為我們兄弟情重，也樂得有這樣的高手坐鎮在旁，於是索性就將那邊的莊院送給他，還撮合他與仙君一個表妹的姻緣。」

他冷笑接道：「丁鶴為了接近仙君，竟完全答應了下來，我兄弟情重，見他也成家，當然替他高興，之後我們間仍然到外面走動，我娶得仙君，心情歡朗，意氣飛揚，丁鶴卻日漸落落寡歡，後來甚至沒有再與我外出。」

龍飛截口道：「那麼你什麼時候，才發現他們之間的事？」

蕭立說道：「那是我在婚後半年的一天晚上，我從外面回來，並不見仙君在房中！」

龍飛道：「莫非在丁鶴那邊書齋找到了她？」

蕭立搖頭，道：「我千里回來，一心找仙君一聚，自然到處去找尋，結果找到來她未嫁之前居住的這座小樓。」

龍飛說道：「莫非前輩就在這裡見到她……」

蕭立道：「我來到門外，正見她從地道中走出來，身穿褻衣，酒痕斑駁，腳步踉蹌，一臉的紅霞未褪，顯然喝過不少的酒。」

龍飛道：「前輩當時是否已知道那條地道通往何處？」

蕭立道：「白風已跟我說及。」

龍飛道：「當時前輩又如何……」

蕭立冷冷道：「我當時心中突然生出了一個很可怕的念頭，並沒有驚動她，悄然離開，翻過圍牆，到那邊書齋去偷窺，卻見丁鶴手捧著一件紅衣，呆然獨立在書齋之中，而桌上杯盤狼藉，他亦是衣衫不整。」

龍飛無言嘆息，紫竺呆在那邊，不覺淚下。

蕭立恨聲道：「也就從那一年開始，每一年那天，丁鶴這畜牲便一定將那件紅衣拿出來，對衣痛飲狂醉。」

龍飛道：「也就是昨天……？」

蕭立道：「正是。」

龍飛道：「前輩在那時……」

蕭立道：「我怒火中燒，但竟然忍下，又悄然離開。」

龍飛道：「哦？」

無論怎樣看來，蕭立都不像那種人，當時，他應該衝去痛斥丁鶴才是。

蕭立解釋道：「也許當時我想起了捉姦在床這句話。」

龍飛道：「嗯。」

蕭立道：「當時我就衝過去，他盡可以否認那是仙君的衣衫。」

他一頓接道：「當時我回到小樓那邊，仙君亦已經穿上外衣。」

龍飛道：「那麼，前輩到底是採取哪種態度？」

蕭立道：「我佯裝不知，也就從那時開始，暗中監視仙君，準備等她再過去與丁鶴幽會，就捉姦在床，給姦夫淫婦一個痛快。」

龍飛不由得打了一個寒噤。

蕭立恨恨的接道：「誰知道仙君竟然從此絕足小樓，甚至不再與丁鶴見面，等不了半年，我已經等得快要瘋了。」

龍飛暗嘆！

蕭立又說道：「不久玉郎出世了，也不知怎的，我越看越不像是自己的兒子！」

龍飛道：「什麼時候你才發現那顆形如蜥蜴的黑痣？」

蕭立道：「大概是十年之前，夏天一日，玉郎赤裸上身在院內玩耍，給我無意中瞧見。」

他的眼中彷彿有火在燃燒起來，厲聲道：「那剎那我憤怒得幾乎一槍將他刺殺，可是我仍然忍耐下來。」

龍飛道：「又為了什麼？」

蕭立道：「天下間無奇不有，很多事情往往就是那樣子巧合，所以在憤怒之餘，我仍然想找到證據才採取行動。」

龍飛道：「那麼多年來，蕭夫人不成都沒有再與丁師叔見面？」

蕭立冷冷道：「就是如此我才狠不起心腸。」

龍飛心念一動，道：「前輩莫非就因此去練那種攝心術？」

蕭立嘉許的望了望龍飛一眼，說道：「在沒有辦法之下，我惟有希望練好攝心術，控制仙君的心神，令她自動將事情說出來。」

龍飛不由自主的同情起蕭立來。

愛妻不忠，摯友不義，雖然懷疑，卻又無法證實，蕭立的日子，絕不會好過。

蕭立自嘲的一笑：「可是，誰知道我的攝心術練成功之時，仙君竟撒手塵寰，白費了我一番苦心。」

龍飛道：「她既已死了，這件事何不算了？」

蕭立冷笑道：「仙君雖然死，丁鶴卻仍在。」

他目光轉向紫竺，道：「像他這樣的一個人，上天竟予他一對金童玉女，我蕭立一生磊落，兒子生下來竟是個白痴，天理何在，我如何咽得下這口氣？」

龍飛沉默了下去，紫竺眼淚又流下。

鐵虎皺起了眉頭，所有捕快心頭亦一陣愴然。

這的確不公平。

蕭立悲憤的接道：「後來，仙君極力阻止玉郎與紫竺的婚事，我更加肯定。」

他的語聲更激動：「玉郎有什麼不好，為什麼仙君要極力阻止，分明就知道他們是兄妹，都是丁鶴的骨血。」

龍飛不由得點頭。

蕭立長身而起，道：「二十年的憤怒，我忍到今時今日，實在忍不下去。」

龍飛道：「所以前輩選擇昨天進行報復。」

蕭立道：「昨天是我最合適的日子。」

龍飛道：「我給紫竺那封信必定落在前輩之手。」

蕭立道：「是送信人送錯了地方。」

「前輩因此也將我算在內。」

「我原意是想在昨天殺丁鶴滿門，作為報復，但一想，這樣做反而便宜了丁鶴，因為我也要他生不如死！」

蕭立重重一拳擊下，「嘩啦」一聲，旁邊的一張几子在他的拳下粉碎。

龍飛嘆氣道：「若愚小弟卻無意窺破了前輩秘密……」

蕭立渾身顫抖，道：「若愚實愚，生不如死，死對他來說，亦未嘗不是一種解脫。」

龍飛道：「前輩竟忍心下此毒手？」

蕭立目光又轉向紫竺，道：「卻不知何故，我竟然不忍心將紫竺親手擊殺。」

他雙拳緊握著，道：「可恨啊可恨，丁鶴這種人，竟然還得到一個你這樣的女婿。」

龍飛嘆息在心中。

蕭立目光轉落向鐵虎腳前那個地道，道：「你能夠找到這個地道，足見你聰明過人。」

龍飛道：「屏風、木像等東西當夜若是藏在書齋相連的地道中，我師叔應該知道，若看見了，必然窮追究竟，他從地道回到書齋之後，卻是呆然若失，可見並不知情，所以我大膽假設小樓中必然有第二個地洞。」

蕭立道：「好聰明的人。」

龍飛道：「玉郎的心神，其時必是已被前輩完全控制了。」

蕭立道：「要控制他並不難。」

「他生性柔弱，必是拜前輩所賜。」

「不錯。」

「那麼不是他不喜歡練武，是前輩不許他練武了？」

「蕭家絕技豈能傳與丁家畜牲。」

「至於他雕刻蜥蜴，當然也是前輩主意。」

蕭立咬牙切齒的說道：「我痛恨黑蜥蜴。」

他痛恨的當然並非活生生的黑蜥蜴，而是丁鶴、蕭玉郎背後的蜥蜴形黑痣。

他痛恨的其實是人。龍飛嘆息道：「錯不在年輕一輩。」

蕭立狂笑道：「不滅他滿門，如何消得我心頭大恨。」

龍飛再嘆息，道：「前輩用心也未免太深了。」

蕭立狂笑不絕。

他若非深愛著白仙君，早已將白仙君擊殺了，根本就用不著那麼多時間去證實。

由此可見，他仍然存著萬一的希望。

希望白仙君沒有做出對不起他的事情，希望能夠證實黑蜥蜴只不過是巧合，與丁鶴無關，一切都是自己疑心生暗鬼。

他也始終懸念著丁鶴的友誼，所以也始終並沒有對丁鶴採取任何行動。

但就在他能夠證實的時候，白仙君卻已撒手塵寰。

無論能否證明，在他來說都已經一樣。

人死不能復生。

可是他仍然再等三年，在採取行動之際，更叫玉郎假扮白仙君，來一試丁鶴。

這個人毫無疑問，是一個非常多情的人。

多情多恨。

情深恨更深。

丁鶴前夜在小樓中那句話「我好想妳。」無疑就是一條火藥引。

蕭立多年憤恨，終於在聽到那句話之後爆炸，一發不可收拾。

他狂吼，揮槍，斷丁鶴一指。

丁鶴作賊心虛，一見蕭立，如何還敢逗留，倉皇遁入地道。

一切報復行動，也就在那刹那開始。

這些蕭立雖然沒有說，龍飛亦不難想像得到。

他嘆息接道：「前輩，就此作罷好不好？」

蕭立狂笑聲一落，斷然說道：「不可以。」

鐵虎插口道：「你還待怎樣？」

蕭立一字字的答道：「殺丁鶴滿門老幼。」

眾人齊皆聳然動容。

鐵虎道：「我們現在雖然把握不住你殺人的證據，但你若再想殺人，可沒有那麼容易。」

蕭立冷笑。

鐵虎接吼道：「由現在開始，無論你走到哪裡，我的手下都會盯著你，盯穩你的。」

蕭立不怒反笑，大笑，道：「你若是以為我真的將官府放在眼內，可就大錯特錯了。」

鐵虎嘿嘿冷笑。

蕭立笑接道：「我引來龍飛，目的不過要丁鶴也嚐嚐生不如死的滋味，現在這既然沒有可能，我還有什麼顧慮？」

鐵虎面色一沉，厲聲喝道：「大膽蕭立，你眼中難道就沒有王法？」

蕭立冷笑著道：「報仇雪恨乃理所當然。」

鐵虎道：「冤有頭，債有主，你若要報仇雪恨，應該找丁鶴，濫殺無辜，情理不容！」

蕭立揮手道：「閉上你的嘴。」

鐵虎仍然道：「你若再胡來，先問我鐵虎手上鐵鍊。」

蕭立不怒反笑道：「我偏就在你面前擊殺紫竺，看你又如何阻止。」語聲一落，他左手一捋長衫，右手一翻，剎那之間手中已多了三支三尺長的鐵枝。

那三支鐵枝其中一支乃是一支短槍。

龍飛一見，急喝道：「小心！」

話聲未已，「叮叮叮」三聲，蕭立已經閃電般將那三支鐵管嵌起來。

短槍立時變成了長槍。

九尺長槍！

槍尖鋒利，紅纓如血。

蕭立一槍在手，雙眉齊挑，意氣飛揚，宛如天神。

鐵虎一見大喝道：「大膽蕭立，還不將兵器收起！」

蕭立目光暴射，斷喝道：「滾開！」一槍刺了過去。

鐵虎鐵錬急擋。

「嘩啦啦」一陣亂響，鐵錬砸在槍尖上。

蕭立手中槍一插，道：「脫手！」猛一挑。

鐵虎右手虎口猛一酸，鐵錬竟把持不住，「嘩啦啦」應聲脫手飛出。

飛出了窗外。

鐵虎面色大變，左右捕快亦自齊皆變色，手中刀急迎前。

蕭立又一聲斷喝，「滾！」槍一揮，「橫掃千匹馬」！

叮叮噹噹立時一陣亂響，八把長刀盡皆脫手，凌人亂飛！

八個捕快驚呼未絕，寒光已奪目，倉皇閃開。

鐵虎也沒有例外。

蕭立「吒」一聲，槍一引，從空間刺入，直取紫竺的咽喉。

鮮血一樣的紅纓，閃電一樣的槍尖！

誰能夠阻擋這一槍！

槍勢閃電。喝聲奔雷。

槍尖距離紫竺咽喉剎那已咫尺。

「嗚」一聲寒光暴閃，一枚金環凌空飛來，不偏也不倚，正擊在槍尖之上。

「叮」一聲，凌厲的槍勢竟然被這一枚金環截斷。

蕭立一聲：「好！」右手急震，連刺八槍。

龍飛右手不停，八枚金環「嗚嗚」先後飛出。

每一枚金環都正好擊在槍尖之上，「叮叮叮叮」接連八聲，蕭立接連八槍都給金環截下。

龍飛金環不停，身形亦展。

第九枚金環出手，他人已掠至紫竺的身旁。

蕭立即時又一槍刺來！

蕭立一聲暴喝，一槍架住了刺來的三槍！

蕭立冷笑道：「一劍九飛環果然名不虛傳！」

這句話才只十一個字，最後一個「傳」字出口，蕭立已經連刺了四十九槍。

槍槍致命。

龍飛連接四十九槍，臉寒如水。

蕭立槍勢不絕。「嗤嗤嗤」又三槍。

龍飛再接三槍。

「哧」一聲，三槍突然變四槍，飛刺向龍飛咽喉。

龍飛劍勢已老，眼看已是擋無可擋，可是那剎那之間，他的身形卻及時一偏，槍便從他的頸旁刺過！

槍尖即時叮的斷下，蕭立已老的槍勢又變成靈活，一沉一縮一探，插向龍飛心胸。

此間槍尖雖然已斷下，但以蕭立的內功，這一探之下，亦足以開碑裂石，何況插的又是心胸的要害。

龍飛的劍又及時一挑，將槍勢卸開。

這一槍雖然詭異，但在義莊那裡，龍飛已經從蕭若愚手上竹竿領教過。

蕭立這一槍的威力比蕭若愚又何止厲害一倍。

但龍飛也是高手中的高手，有過一次經驗，又豈會化解不了蕭立這一槍。

蕭立暴喝：「好！」槍勢又一變，仍然插向龍飛的心胸。

龍飛再一劍架住。

「哧」一聲，一支鋒利的槍尖這剎那突然從那支槍的斷口中彈出來，射向龍飛的心胸！

斷口距離龍飛的心胸只七寸，那二支槍尖卻長足尺二。

心胸要害，三寸已足以致命，何況五寸。

這實在大出龍飛意料之外，這也就是蕭立「追命三槍」的第三槍。

「追命三槍」槍槍追命，這一槍已足以追取龍飛性命！

那剎那龍飛已知道發生了什麼事，黯然一嘆！

也就在那剎那，一道劍光斜裡飛來。

匹練也似的劍光，閃電也似的劍鋒。

劍鋒一穿一挑，叮的將槍挑了起來。

龍飛胸前的衣服已經被彈出的那支槍尖劃破。

那支槍尖也只是劃破了龍飛胸前的衣服。

龍飛打了一個寒噤，人劍一退，護在紫竺之前。

蕭立同時引槍暴退。

劍光亦斂，一個人孤鶴一樣獨立在兩人之間。

丁鶴。

「一劍勾魂」丁鶴！

◇◇

連接丁家莊書齋那條地道的暗門已經打開。

丁鶴正是從地道中出來，凌空飛身一劍，及時將蕭立那致命的一槍挑開。

他一身白綾寢衣，一張臉比那身白衣還要白，一絲血色也沒有，神態顯得很疲倦。

可是他握劍的右手仍是那麼穩定，那麼有力。

劍已經垂下，他望著蕭立，眼瞳中充滿了悲哀，也充滿了慚愧。

蕭立一槍橫胸，也在望著丁鶴，眼瞳卻如火似焰，忽然道：「來得好。」

丁鶴啞聲道：「蕭兄。」

蕭立道：「不敢當。」

丁鶴道：「你們說的話，方才我在地道之中全都聽到了。」

蕭立道：「好一條地道。」

丁鶴垂下頭。

蕭立上下打量了丁鶴一眼，又道：「看來華方那個老小子實在有幾下子。」

丁鶴道：「聽說華方為蕭兄請來。」

蕭立答道：「因為我還不想你那樣死去。」

丁鶴說道：「小弟再多謝蕭兄救命之恩。」

蕭立大笑道：「這個我更不敢當。」

丁鶴道：「小弟也有幾句話要說。」

蕭立道：「請。」

丁鶴深深的吸了一口氣，道：「不瞞蕭兄，小弟的確是很喜歡仙君。」

蕭立道：「我知道。」

丁鶴道：「仙君也喜歡小弟。」

蕭立冷笑。

丁鶴道：「在仙君未嫁與蕭兄之前，我們已私訂終生，也不時從地道往來，但都是交換一下琴棋書畫方面的心得，始終未及於亂。」

蕭立只是冷笑。

丁鶴道：「每次相會我們都是以琴聲為號，曲乃仙君譜就，名曰『君來』。」

蕭立道：「好一曲『君來』。」

丁鶴無言嘆息。

蕭立道：「這件事在我對仙君試用攝心術之時，已從她口中得知。」

丁鶴繼續道：「白風獨喜蕭兄，卻是無可奈何，父命難違，況且仙君天性孝順，而蕭兄人中豪傑，武功俠名都在我之上，所以仙君下嫁與蕭兄，小弟在失望之餘，一面亦替仙君她高興。」

蕭立冷笑道：「果真？」

丁鶴嘆息道：「小弟當時原打算離開鳳凰鎮，但不知如何始終下不了決心。」

蕭立道：「你果真不忍？」

丁鶴嘆了一口氣，道：「也許就為了仙君。」

蕭立冷笑道：「是就是，不是就不是，也許什麼？」

丁鶴道：「至於那一夜，其實是這樣的。」

蕭立道：「說！」

丁鶴道：「仙君在嫁與蕭兄之後，因為與蕭兄性情不相投，鬱鬱寡歡，那一夜無意回到舊時居住的這座小樓，恰逢我對月懷人，書齋中彈曲『君來』，她一聽之下，不由自主的從地道走過我書齋那兒。」

蕭立道：「說下去。」

丁鶴接道：「我與她對坐書齋，思前想後，無限感觸，於是借酒消愁，至於醉倒。」

蕭立道：「醉得好。」

丁鶴面上的羞愧之色更濃道：「到我們先後醒來，發覺竟相擁竹榻之上，衣衫凌亂，仙君驚呼跳起身，驚羞交雜，珠淚迸流，外衣也不及穿上，一聲不發，飛快從地道奔回去，我當時亦不知道如何是好，呆住在那裡。」

蕭立目光一掃，嘶聲道：「你們都聽到了。」

龍飛無言長嘆，紫竺淚如雨下。

鐵虎與一眾手下冷然盯著丁鶴，一面的鄙屑之色。

丁鶴啞聲接道：「之後我也曾一再仔細檢查，記憶中彷彿亦未至於亂。」

蕭立咬牙切齒道：「那麼玉郎又何來呢？」

丁鶴無言。

蕭立恨恨的盯著丁鶴，好一會，冷冷道：「今夜難得你親口承認，看你還是一條漢子，我也不再與你女兒為難。」

丁鶴道：「謝蕭兄高抬貴手。」

蕭立斷喝道：「你可要還給我一個公道。」

丁鶴黯然道：「小弟也正有此意。」

蕭立手中槍霍向地門外一指，說道：「去！」

丁鶴淒然一笑，搖頭道：「不必！」

蕭立怒道：「畜牲！懦夫——」

語聲陡斷，他整個人怔在那裡。

丁鶴沒有回答他，也不能回答，他手中三尺青鋒，已嵌在他的咽喉之內。

沒有人來得及阻止。丁鶴出手快如閃電，只一劍就割斷了自己的咽喉。

只一劍！一劍勾魂不愧是一劍勾魂。

他殺人只用一劍，殺自己也是。

血尚未來得及流出，突然射出。

丁鶴在鮮血激射中倒下。

眾人這時候才如夢初覺，紫竺一聲「爹」，撲了過去。

蕭立瞪著丁鶴倒下，眼旁肌肉一陣顫動，道：「好！好！」

第二個「好」字才出口，痛哭聲突然從門外響了起來。是從門外。

蕭立應聲向外，見白三娘正哭倒在門外。白三娘一頭白髮亂顫，痛哭道：「你們都錯了，都錯了。」

蕭立一怔道：「妳胡說什麼？」

白三娘仍然是那一句話：「你們都錯了。」

蕭立怒叱道：「錯什麼？」

白三娘痛哭著道：「玉郎少爺，不錯，是丁鶴老爺的兒子。」

蕭立道：「妳也說是了，還有什麼錯的？」

白三娘接道：「可是玉郎少爺並不是小姐所生。」

「什麼？」蕭立一呆。

「是表小姐生的。」

蕭立怒道：「胡說。」

白三娘道：「確實這樣。」

「仙君難道並沒有懷孕？挺的是假肚子？」

「不是。」

「那麼孩子呢？難道沒有生出來？」

白三娘連連搖頭，道：「玉郎是表小姐生的，紫竺才是小姐生的。」

「豈有此理。」

「這是事實。」

「還說是事實，紫竺誰都知道是丁鶴的女兒，怎會是我的女兒？」

「紫竺其實是老爺與小姐的女兒。」

「你這個老婆子莫不是瘋了？」

「事實是這樣的……」

「說！」

「這都是婢子不好，害死了玉郎、若愚兩個少爺，害死了丁老爺……」她哭得很傷心，並不像說謊的樣子，在場所有人都聽出其中必然有蹊蹺，都呆在那裡。

紫竺也沒有例外。

蕭立實在忍不下去了，連聲催促道：「說！快說呀！」

白三娘痛哭失聲，啞聲道：「在小姐臨盆之前一月，有一天，婢子無意中聽到老主人在跟老爺談話，當時老主人說蕭白兩家人丁都單薄，小姐無論如何都要生個男孩來繼承香燈，若是女的不要也罷。」

蕭立道：「我記得他好像這樣說過。」

白三娘接道：「老爺當然亦連聲稱是，老主人之後還說，小姐若真的生了一個女兒，便必要讓老爺娶個侍妾回來。」

蕭立道：「那與這件事又有什麼關係呢？」

白三娘道：「婢子一直將你們的話記在心中。」

她涕淚交加，伏地道：「到小姐臨盆，真的生下了一個女兒，那天剛值表小姐亦臨盆，卻生了一個男的，侍候表小姐的不是別人，也就是我姐姐，我們姊妹自幼被賣到白家來，與小姐一起長大的，小姐待我們就像親姊妹一樣，所以我們姊妹都希望她過好日子，不想她因為生個女孩受害，也不想老爺你另娶，難為小姐，所以就暗中商量，悄悄將兩個孩子換轉……」

「什麼？」蕭立雙眼暴睜。

白三娘又道：「我們姊妹一心以為老爺與丁老爺既然情同手足，孩子是誰的也是一樣，怎知道……」

她痛哭叩頭道：「婢子該死！」

蕭立嘶聲道：「我們只不過說笑，妳怎麼當真！」

像他與白風那種口不擇言的莽漢，還有什麼話說不出來？

他卻萬萬想不到竟然給白三娘聽去，而且還那麼認真。做夢也想不到。

白三娘一再叩頭道：「婢子該死。」

蕭立怒吼道：「你實在該死，他媽的混賬婆娘！我打殺了妳這個混賬東西！」

他破口大罵，握槍雙手都起了顫抖，卻沒有刺出。

白三娘叩頭出血，突然躍起來，一頭撞在旁邊的一條柱子之上！「蓬」一聲，腦髓橫飛，白三娘爛泥一樣倒在柱下。

沒有人阻止，除了蕭立，其他人都已被這真相之中的真相驚呆。

蕭立可以阻止，但他沒有阻止，他瞪著白三娘倒下，突然狂笑起來，連聲道：「死得好，死得好。」

第二句「死得好」出口，一支鋒利的槍尖就從他背後穿了出來。

是他手中的鐵槍，他在狂笑聲中，反手一槍刺入了自己的胸膛。

鮮血飛激，狂笑聲斷絕。

龍飛一眼瞥見，嘶聲大叫：「萬萬不可。」撲了過去。

紫竺脫口一聲：「爹！」亦撲上前。

蕭立霍地轉身，一手扶住龍飛，一手將紫竺摟在懷中。眼中有淚，淚中有血！

他尚未氣絕，語聲微弱地說道：「龍飛！」

龍飛顫聲道：「晚輩在。」

蕭立血淚交流，道：「好孩子，紫竺交給你。」

龍飛哽咽，無語點頭。

蕭立又喚道：「紫竺！」

紫竺哭叫道：「爹！」

蕭立道：「做一個好妻子。」

語聲突斷，頭一仰，終於氣絕。

紫竺痛哭失聲，龍飛哽咽欲淚。

鐵虎與一眾捕快聽入耳裡，看在眼中，一個個呆若木雞。

◇◇◇

冷風透窗，終於吹乾了蕭立眼角的淚珠。他性情剛烈，疑心又濃重，愛得深，恨得切。

為了要證實白仙君的清白，他費盡苦心，終年累月在痛苦之中，卻寧可忍受這種痛苦，自己去尋求答案，也不肯去問丁鶴，去問白仙君。

丁鶴的眼中也有淚，卻早已被風吹乾。這個人拿得起，放不下，癡情之極！卻也懦弱之極，雖然武功高強，在感情方面卻始終不敢面對現實。

白三娘又是一種人。那種喜歡擅自替別人作主張，自以為是的人。

白仙君呢？就是那種女人，溫柔孝順，縱然是心有所屬，又不敢爭取，但所嫁非人，鬱鬱寡歡之餘，又難忘舊愛，出了事，又後悔不已。

白風？

似乎沒有什麼錯，只不過以為自己喜歡的人女兒也會喜歡，以為自己的選擇一定就正確，絕對沒有錯誤，從來沒有考慮到，嫁人的是他的女兒，不是他！

這五種人觸目皆是。

這五種人無論哪一種都能製造悲劇。

何況這五種人結合在一起，不產生悲劇才是奇怪。

這五種人結合在一起，產生的悲劇必然就是悲劇之中的悲劇。

正如現在這一個。

◇

血淚已流乾了！

仇恨也應已結束！

龍飛緊擁著紫竺，無言對窗望著夜空！

冷月西樓。

長夜已經將盡，黎明已經不遠。

《黑蜥蜴》全書完

古龍集外集 4
驚魂六記之 黑蜥蜴（下）

作者：古龍 / 創意　黃鷹 / 執筆
發行人：陳曉林
出版所：風雲時代出版股份有限公司
地址：10576台北市民生東路五段178號7樓之3
電話：(02) 2756-0949　　傳真：(02) 2765-3799
封面原圖：明人出警圖（原圖為國立故宮博物館典藏）
封面影像處理：許惠芳
執行主編：劉宇青
行銷企劃：林安莉
業務總監：張瑋鳳
出版日期：2022年7月
ISBN ：978-626-7025-98-7

風雲書網：http://www.eastbooks.com.tw
官方部落格：http://eastbooks.pixnet.net/blog
Facebook：http://www.facebook.com/h7560949
E-mail：h7560949@ms15.hinet.net
劃撥帳號：12043291
戶名：風雲時代出版股份有限公司

風雲發行所：33373桃園市龜山區公西村2鄰復興街304巷96號
電話：(03) 318-1378　　傳真：(03) 318-1378
法律顧問：永然法律事務所 李永然律師
　　　　　北辰著作權事務所 蕭雄淋律師

行政院新聞局局版台業字第3595號 營利事業統一編號22759935

定價：240元　

國家圖書館出版品預行編目資料

黑蜥蜴／古龍創意；黃鷹執筆. -- 二版.-- 臺北市：
風雲時代，2022.06
　冊；　公分.
　ISBN: 978-626-7025-97-0（上冊：平裝）
　ISBN: 978-626-7025-98-7（下冊：平裝）

857.9　　　　　　　　111006218